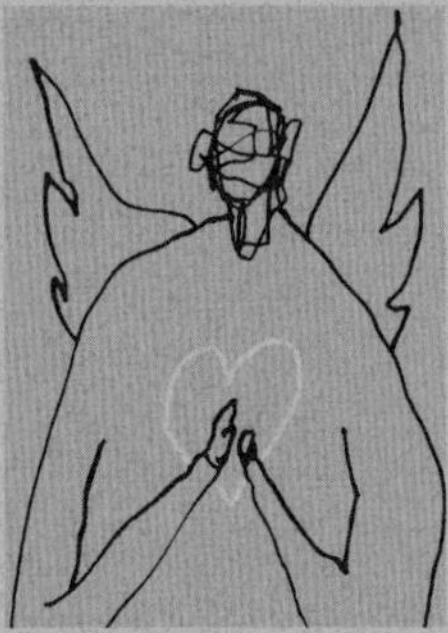

言葉の守り人

J-nool Gregorie', juntúul miats'il maya
El abuelo Gregorio, un sabio maya

ホルヘ・ミゲル・ココム・ペッチ
Jorge Miguel Cocom Pech

吉田栄人 訳

国書刊行会

目次

言葉の守り人
*
舞台地図

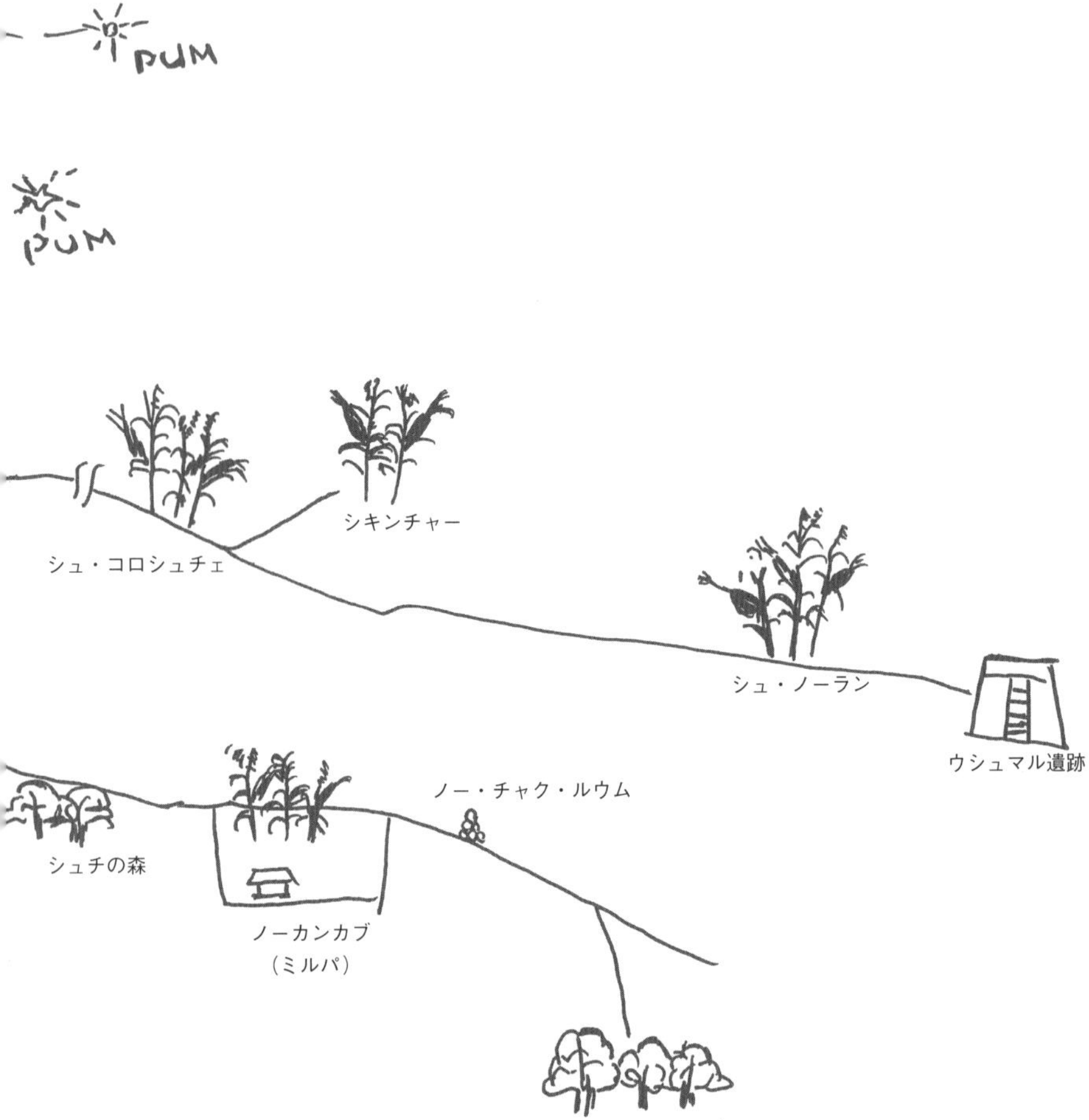
PUM
PUM
シキンチャー
シュ・コロシュチェ
シュ・ノーラン
ウシュマル遺跡
ノー・チャク・ルウム
シュチの森
ノーカンカブ
（ミルパ）
チュンツァアラムの森

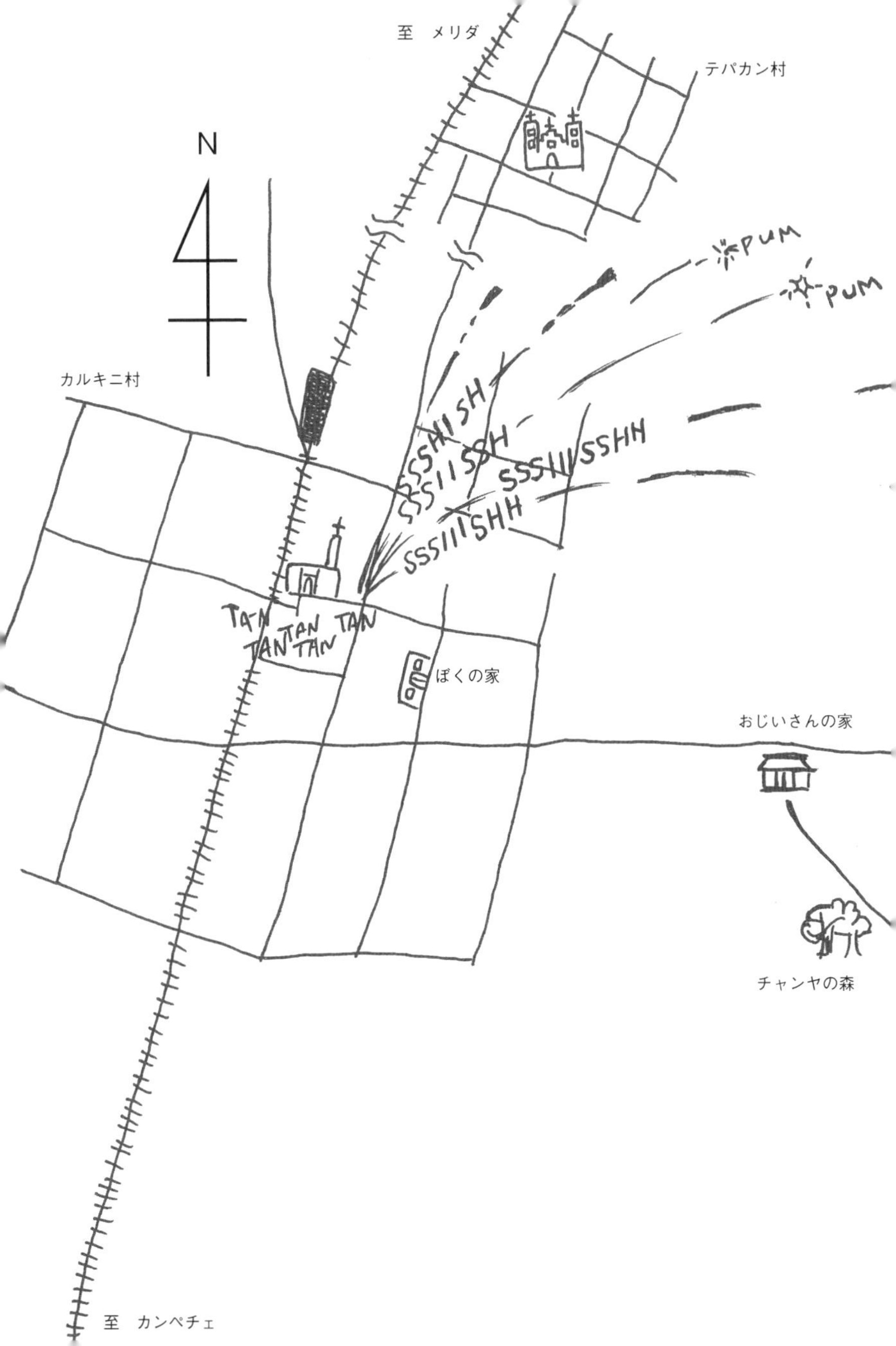
至　メリダ
テパカン村
N
カルキニ村
PUM
PUM
TAN
ぼくの家
おじいさんの家
チャンヤの森
至　カンペチェ

言葉の守り人

挿画＝エンリケ・トラルバ

I

トウモロコシの種の力

あの頃は、おじいさんたちが話してくれる昔話や小話を聞くのが、ぼくたち子供にとって楽しい時間の過ごし方だった。ぼくはそうしたお話を通して、思いもよらない人間や動物が存在すること、あるいは場所があることを知った。

その頃はまだ本や挿絵のたくさん入った雑誌なんてなかったから、お話の中に出てくる不思議なものを、自分の固い頭の中で思い描いて楽しんでいた。

　ぼくが生まれ育った場所には川というものがなかったから、ぼくは最初、それは静かに流れる水で、くねくねとした大きな蛇のようなものだと思っていた。飛行機という金属でできた鳥が、大きな音を出して唸りながら雲の近くを飛び回る、という話を聞いたときは信じられなかったし、その様子を頭の中で思い描くことすらできなかった。

　ぼくは友だちによくその話をした。

「鉄の塊なのに、なんで落ちてこないんだろうね」

　ぼくたち子供は、家の前の道路でよく竹馬やかくれんぼをして遊んだものだが、時々石を持ってきておじいさんを取り囲むように座り、おじいさんがしてくれるそうした子供向けの幻想的なお話に聞き入った。

普段ぼくたちがやることと言えば、外で白や黄、緑、茶などいろんな色の蝶々を捕まえること、学校に行って先生の授業を受けること、市場や町中にある店にお使いで買い物に行くこと、教理問答やミサを聞きに教会に行くこと——あの頃、ミサはラテン語でやっていた——、それに村の中央広場で友だちとおしゃべりをすることだった。どこに行っても、何かのお話をしてくれる人はたくさんいた。でも、ぼくのおじさんたちがリンと呼んでいた、ぼくのお母さんのお父さんであるグレゴリオおじいさんほど話をするのが上手な人は他にいなかった。

どんな不思議な魔法を使っていたのかは知らないけど、グレゴリオおじいさんは信じられないような話をしてくれるとき、その言葉使いと身振りでいつもぼくたちを虜にした。ぼくのおじいさんは本当にいろんな話を知っていた。

ある日、ぼくはラモナおばさんとゴンサロおじさんの子供であるぼくのいとこたちと一緒に、ある洞窟でシュロの葉を編んでいた。そこでおじいさんにある質問をした。

「ねえ、おじいさん、おじいさんはたくさんのお話を知ってるけど、それ、どこから出てくるの？　どうやったら、全部違う話になるの？　それ、誰に教えてもらったの？」

するとおじいさんは木製の腰かけにゆっくりと腰を降ろしてから、ぼくに言った。

「お話は誰のものでもない、みんなのものじゃ。わしはわしのじいさんから聞いたし、そのじいさんはそのじいさんから聞いた。そんな具合にみんな自分のじいさんから教えてもらったんじゃ」

それからかぶっていた帽子を地面に置きながら、付け加えた。

「今日はお前たちに話をしてやる前に、一つお前たちにやってもらいたいことがある」

ぼくたちは、一体何だろうと心を躍らせた。

「お前たちのうちの誰か一人にお話を覚えるという大切な仕事を引き受けてもらいたい。そしていずれはそれを文字にしてもらいたい。その任務が果たせるかどうかで心配する必要はない。覚えられるまで、わしが何回も繰り返し話してやる。選ばれることは名誉なことだぞ。任務が果たせれば、みんなから褒められることになるからな。じゃが、お話を覚えて文字にするというこの名誉ある仕事を途中でやめたりすれば、それは約束を破るということになる」

そう言い終わると、おじいさんは黙った。ぼくたち孫は驚いた表情でお互いに顔を見合わせた。多分みんな、心の中で考えていたはずだ。一体、この中から誰が選ばれるんだろう。選ばれたやつはそんな任務を果たせるのだろうか。

自分がやると言う者は一人もいなかったから、おじいさんが沈黙を破って言った。

「わしのズボンの左のポケットにトウモロコシの種がいくつか入っておる。お前たちに一個ずつ取ってもらおう。取り出すとき、手のひらは閉じたままにしておくんだぞ。みんなが種を取り出して、わしが開けるように言うまで開けてはならん。一人だけ違う色の種を持っていた者が選ばれた者じゃ。

怖がる必要はない。種の中には力を持った種があり、その種は約束を果たせる者の手に吸い寄せられる。言っておくが、その魔法の力を持った種はわしらのことを知っておるし、わしらの行く末のことも知っておる。なぜなら、わしらはトウモロコシの粉からできておるからじゃ。種に秘められた力はわしらのじいさんたちが、ピラミッドや寺院の石に人間の記憶や歴史が刻まれるよりももっと前に、種に書き記したものなんじゃ。

繰り返すが、一人だけ違う色の種を引いた者は、昼間はそれをズボンの左のポケットに入れておき、夜になったら、寝る前に、それを自分のハンモックの下に置く。それを九日間続ける。常に自分のそばに置いておくんじゃ。九日間が過ぎたら、農園の西に行って、そこに植えろ。実がなって収穫したら、それから十三日後に食べる。

そしたら、種が体の中に入ることで、今日からわしがしてやる話を全部覚えられるようになるはずじゃ」

言い終わると、おじいさんが大きな声で言った。

「さあ、トウモロコシの種を取れ」

ぼくたちは、おじいさんが急かす前に、慌てておじいさんのズボンのポケットに手を入れ、種のくじをひいた。手のひらを閉じたまま、おじいさんが命令を下すのを待った。

おじいさんはぼくたちの顔を一人ひとりじっと見つめてから命じた。

「手を開けてごらん」

いとこの二人も驚いていたが、ぼくはそれ以上に驚いた。ぼくの左手にだけいとこたちの種とは違う黄色い種が載っていた。

いとこたちはすぐに歓声を上げた。

「頑張れ！　頑張れ！　頑張れ！」

そしておじいさんは楽しい話を次から次へと繰り出していった。

Ⅱ

通過儀礼——風の修行、夢の修行

ぼくといとこたちがまだ小さかった頃、ぼくたちはぼくのお母さんのお父さんから、夜にどんな夢を見ているかとよく訊かれた。

いとこたちは夢を思い出す力がもう付いていたので、夢の中で何を見、何をしたかを詳しく説明できた。ぼくはみんなが話す内容を聞いてただただ驚くばかりだった。

いとこたちはまるで言葉で絵を描いてみせる画家のようだった。ぼくの記憶に間違いがなければ、ホルヘ・ラモンはしょっちゅう空を飛んでいた。そして最後は暗闇の中に真っ逆さまに落ちていた。フリアンは半分農場半分砂漠みたいな畑で羊や鶏、あひるなどの世話をしていた。ゴンサロが見る夢では、雨が降る夕暮れ時に光り輝く蔦に血の滴る心臓がぶら下がっていた。ゴヨの夢は、捕まえた蝶々を手にとると、それが大きな蜜蜂に変わって、それに襲われてびっくりするというものだった。ぼくの一番上のお姉さんのグロリアは、鏡の家に飾られた絵の中で顔のない天使に捕まってびっくりしていた。ぼくはまだ夢を思い出すことができなかったので、夢を語る達人たちに混ざってただ一人寂しい思いをしていた。

ある日、ぼくはおじいさんと一緒にチャンヤの森に入った。ぼくは恐る恐る聞いてみた。

「おじいさん、ぼくはどうして夢を思い出せないの？」

マチェテ〔山刀〕でチュクン〔木材や薬としても使われる木〕の木を切って枝を落としていたおじいさんは、その手を休めて、ぼくに言った。

「世の中で夢を見ない者はいない。生きている者は必ず何かの夢を見ておる。だが、夢の内容をみんながみんな思い出せるわけじゃない。心がきれいな人、魂がきれいな人だけが思い出せるんじゃ」

ぼくはおじいさんと一緒に葛《かずら》で薪をくくった。葛からはいい匂いのする汁が出て、皮の剝けたヒーカマ芋〔メキシコ原産のマメ科の根菜〕の匂いと混じり合った。薪をくくり終わるとおじいさんは言った。

「人がこの世に生まれるというのは、必ず眠らなければならないということだ。魂が力を発揮しないと、つまり夢を見ないと、眠ったままの人間になってしまう。夢は人を目覚めさせる。夢の中で見たことを思い出すことで、自分の本来の光り輝く根源を取り戻すんじゃ。そうやってわしらは生きる力を得る。わしらは光のかけら、太陽の断片なんじゃ」

　正午を過ぎた頃、ぼくたちは低木の林で野うずらの卵探しを終えて、大きな丸太に腰を下ろした。そこでおじいさんが言い聞かせるような口調でぼくに言った。

「だいぶ前からお前の様子を見ておったが、悩んでおるようじゃな。夢を思い出せないのが、そんなに辛《つら》いか。顔色も悪いし、よく眠れんのじゃろ。この前、お前がトウモロコシの穂から実を外す作業をしておった時のことじゃが、地面に何粒かこぼした。それを拾って占ってみたんじゃがな、そしたら、お前が夢の内容を思い出し、夢の力を働かせられるようにするには夢乞いの儀式をする必要があると出たんじゃよ」

くくった薪を背負う前に、おじいさんは真剣な様子でさらに言った。

「夢乞いの儀式をする前の日は断食をせにゃならん。腹が減って、我慢できなくなった時には、水と蜂蜜なら飲んでもいい。それ以外はだめじゃ。断食し、瞑想し、精神の平静を保つことで、お前がこれまで使ってきた名前に代わる新しい名前を風から授かることになる。それはお前だけが知っている魔法の名前じゃ」

それから、こうも言った。

「その秘密の名前は誰かに知られてはならんぞ。その名前がお前に与える力は、その由来を隠すことで力を増し、守られる。その名前は秘密であるからこそ力がある。他の誰かに知られてしまえば、その力は永遠に失われるんじゃ。それから、通過儀礼の儀式を始める数時間前には、肉体的な執着心を生むような悪い考えは取り払わにゃならん。儀式が終わったら、お前は夢を探す狩人から暁光の狩人に変わる」

一九六一年三月十九日の午後、おじいさんはぼくの両親が住む家にやって来た。話が済んだ後、次の日はぼくを学校にやらないように、とおじいさんがお父さんたちに頼んだことをぼくは告げられた。ぼくはおじいさんと一緒に森に行くことになったのだ。

外が暗くなりだした頃、おじいさんはぼくのお父さんと一緒に外に出て、お母さんが用意したホットチョコレートを飲んだ。それから自分の家に帰って行った。

翌日の早朝、ぼくはお父さんにそっと起こされて、おじいさんが待っている畑の近くまで連れて行かれた。

ぼくたちが畑に着くと、おじいさんはもうそこで待っていた。出発だ。ぼくはおじいさんの後をついて歩く。おじいさんの前の方では、犬のナバイとボクボク、プルシュが匂いを嗅いだり、おしっこをかけたりしながら、先に行ったり戻って来たりしている。まだ辺りは暗く、おじいさんが手に持っているランプの明かりでその様子がやって見えるくらいだ。

ぼくたちが歩く先々では驚いたコオロギが飛び跳ねている。随分と歩いたせいで、足とアルパルガタ〔革製の厚底サンダル〕はもう露でぐっしょりと濡れていた。

ぼくたちの後方、西の方角では、畑を出た時にはまだ見えていた月がすでに生い茂った木の枝の中に隠れてしまっている。この辺りに生えている木は葉が生い茂るツアラム〔ネムノキ科の木〕、蜜を持ち蜂蜜のような匂いを発するツィツィルチェ〔タデ科の木〕だ。それに黄色い花をつける背の高いカンロル草〔キク科の草木〕などが生い茂って、東へと向かうぼくたちの道を薄暗くしている。

目的地まであと少しという場所まで来たところで、犬が吠え始めた。草むらを目がけて走って行くと、何かの動物を追いかけている。犬が突然飛び出して来たので、チャチャラカ鳥〔ホウカンチョウ科〕が慌てふためいてあちこちに走って逃げた。そのうちの一羽がぼくにぶつかりそうになったので、ぼくはあやうく水の入ったひょうたんを手から落とすところだった。何かが犬を怖がらせたようで、ぼくたちのところに戻って来た犬たちはいつまでも吠え続けている。おじいさんは明かりを消した。突然真っ暗になったので、ぼくは思わず走り出しそうになった。気が付いたおじいさんはぼくの左腕を摑んでぼくを止めた。腕をしっかりと摑まれたおかげで、ぼくは体の震えが止まった。犬たちもそのうち静かになった。ぼくたちは再び目的地に向かって歩き出した。

ミルパ〔トウモロコシ畑〕への入り口に置いてあった大きな木を跨ごうとしたとき、ガラガラヘビがしっぽを地面に叩き付けて、ぼくたちに警告を発した。おじいさんとぼくはガラガラヘビの居場所を探した。ガラガラヘビは乾いた木と葛の下でとぐろを巻いて鎌首をもたげていた。怒った目でぼくたちを威嚇し、道を塞いでいる。いつもとは違って、おじいさんは蛇に向かってやさしい言葉で、退散するよう促した。蛇は鎌首を下ろすと、するするとぼくたちの前から姿を消した。

ぼくたちは用心しながら木を乗り越えた。椰子の葉で葺いた小屋に着いた時、まだ夜は完全には明けていなかった。ノーカンカブ〔「大きな赤い土地」を意味する神聖な場所〕のミルパのど真ん中はひっそりと静まり返っていた。

暗闇の中ではすべてが平静を保ち、平穏で、平和に満ちている。暁光の狩人であるおじいさんとぼくはそこに佇んで夜が明けるのを待った。

おじいさんはぼくの後ろでひざまずき、ぼくの額を手で押さえた。そして微かに聞こえる呪文を唱えながら、何かの兆候を待っていた。

「成熟よ、入れ《オーケン・タカン》。未熟は去れ《ホーケン・チェチェ》。成熟よ、入れ《オーケン・タカン》。未熟は去れ《ホーケン・チェチェ》。未熟よ、去れ《ホーケン・チェチェ》」

おじいさんが呪文を唱え、魔法をかけている間、ぼくは裸になって、カカルトゥン〔葉と根を下剤としても用いる野生のバジル草〕のいい匂いのする葉っぱを敷き詰めた丸いゴザの上に横になった。そして体を東に向けた。椰子の葉で葺いた小屋、周りにはユカ芋〔キャッサバとも呼ばれる低木の食用根〕を吊るした棟木、ナンセ〔直径一cmほどの黄色い実を付けるアセロラ科の木〕の木、そして不思議な儀式を見守っている一本の巨大なセイバの木が見える。辺りには湿気の匂いとおじいさんが焚いたポム・テ〔スペイン語でコパルと呼ばれる儀礼用の香を採るための木〕の柔らかい匂いが立ちこめていた。

しばらくして、おじいさんの祈りの声が止んだ。おじいさんが激しい息をし始めた。痙攣しているかのようだった。再び声が聞こえてきたが、声の調子が違った。以前よりもしゃがれた声だった。それはおじいさんの声ではなかった。それは洞穴の奥から響いてくるような声だった。おじいさんが言っていることはぼくには理解できなかった。きっと古いマヤ語でしゃべっていたに違いない。

そして、今までに経験したことのない、元気づけられるような平静さを心に感じた後、長い時間が流れた。おじいさんが不意に四方の風に向かって呼びかけた。東《ラキン》、西《チキン》、南《ノホル》、北《シャマン》。

その言葉を三回唱えたとき、東の方角から生暖かい風が吹いて、木々の葉っぱを揺らした。

ぼくは突然体が揺れるのを感じた。体全体がくすぐったかった。それからすぐに空が光ったかと思うと、空は金色になり、ぼくとおじいさんの体は金色の光で包まれた。うずら《ベッチ》の鳴き声が響いたかと思うと、また静かになった。おじいさんが静けさを破って、叫んだ。

「お前の血で《ティオーラル・ア・キケル・ビン・ア・ウォヘルテ、》お前の体の由来、《トゥーシュ・ク・タル・ウ・チュン・ア・ウィンクリル、》お前の祖先の由来が分かるだろう。《トゥーシュ・ク・タル・ウ・チュン・ウーチベン・ア・チーイバロー。》だが、《バーレ、》お前は夢で《ティオーラル・ア・ワヤック・ビン・ア・ウォヘルテ、》魂の由来、《トゥーシュ・ク・タル・ウ・チュン・ア・ピシャン、》お前が行きつく道の由来を知るだろう《トゥーシュ・ク・タル・ウ・チュン・ウ・シュル・ア・ベル》」

そして、さらに付け加えた。

「夢は人間と同じで、なくなったりしない。夢は生きているのに死んでいるかのように見せることがある。だが、夢は永遠。葬られることには抵抗し、必ず戻ってくる、つまり生き返る不思議なものだ。太陽が光輝きながら顔を出すその前に、わしらのご先祖様の夢が叶う。わしらが静寂の力、風の力、言葉の力を呪文で唱えるとき、ご先祖様はわしらのそばにいる。

　夢は決して知識をため込んだり、空想にふけったりするためのものではない。そのことを忘れてはならん。夢は心の力を使うために必要な光の裂け目。夢は時を超えて、時には支離滅裂かもしれんが、過去にも未来にもつながるお前自身の歴史を明らかにしてくれる。夢はそのための合図を送っておる。手がかりや痕跡を残していく。

夢を見ることは肉体に閉じ込められることから逃れようとする心の営みだ。だから、夢の内容を思い出すことは自分の内面を成長させることにもつながる。

生きていても夢を見ない人間は死んだも同然。夢を見ても、それを実現できない人間はあわれだ。悪夢ばかり見て、眠れなくなってしまったら、それは本来自分が生きるべきではないものの夢を見ているからだ。

自分の夢を追い求める戦士になれ。自分の中に克服すべき目的を見つけるのだ。

自分の夢を実現しようとするとき、お前は誰の奴隷でもない。他人を支配しようとも思うな。自分の真の解放への道を知ったとき、そのことが分かるだろう。

よく覚えておけ。自然の世界では、夢は現実となる。

雨は水の夢。

煙は火の夢。

青い空は永遠なる風の夢。

お前はわしらを包んでくれるあの光のように黄色いトウモロコシでできている。目を覚ませ。目を開けろ。心を開け。お前は、この大地の選ばれし夢だ。

生きていても夢を見ない人間は、どんなに長く生きたとしても、心はないのと同じで、死んだも同然だ。

生きろ。そして夢を叶えよ。光を求めよ。さすれば、お前の命は皆と同じように永遠のものとなろう」

しばらくして、目を開けると、暁光の贈り物が目に入った。夜が明ける空に、琥珀色の雲とバラ色の雲で大きな模様ができていた。ぼくの心は平穏で満たされていた。

Ⅲ

七つの質問

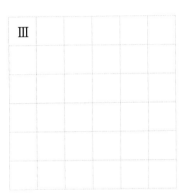

君たちと同じようにぼくにも一人のおじいさんがいた。肌の色が黒く、生気に溢れたその老人は畑の中の掘っ建て小屋に住んでいた。畑にはマンゴーやサポジラ、アボカド、マメイ、スターアップル、バンレイシなど果物の木がたくさん植えてあり、ぼくたちが遊びに行くたびにその美味しい実を食べさせてくれた。

おじいさん子だったぼくはいつもおじいさんのそばに

いて、畑の仕事を手伝った。

昼間、おじいさんは畑に水を撒いたり、トウモロコシや豆、その他いろんな色や匂いの、大きさも様々な花などを植える作業をした。日が暮れると、ぼくのおじいさんは家の真ん中に吊るしたハンモックに腰を下ろして、古い石油ランプの淡い光を浴びながら、幻想的なお話をしてくれた。ぼくの疑問や質問にも答えてくれた。

ある夜、他の孫たちがみんな寝てしまい、おじいさんがあくびをし始めた頃、ぼくはおじいさんに訊いた。

「ねえ、おじいさん、花って何なの？」

すると、おじいさんは体の半分を白いシーツで包みながら、答えた。

「花は植物の目じゃ。お前の目は顔という庭に咲いた花じゃな。花には色や匂いがあるじゃろ。植物はその花で人間の心を見たり、ひきつけたり、時には歓ばしたり、病気を治したりするんじゃ」

おじいさんはぼくの質問には何でも答えてくれそうな気がした。

「じゃあ、おじいさん、雲は何？」

「雲は水を蓄えた茂った木の枝じゃ。しかも、空をあちこち散歩して回るのが好きな木だ。白い雲、灰色の雲、他にもいろんな色の雲があるが、どれも太陽とかくれんぼをして遊びたいから、風を求めて、青い空を飛ぶんじゃ。太陽の黄色い顔を見えなくしてやったときなんか、雲はとても嬉しそうにしとるじゃろ」

タバコに火をつけ、一口吸って吐き出した煙で輪っかを作ってから、さらに付け加えた。

「白い雲は、小さいやつも大きいやつも、たまには子羊のような形をしたやつもおるが、あいつらは太陽の近くにいるのが好きないたずらっ子じゃ。白い服を灰色の大きなスカートに穿き替えるのは、雨を降らす遊びをしたがっておるからじゃ」

足で床を少し蹴って、ハンモックを揺らしてから、おじいさんはさらに言った。

「気温が上がってスコールが降る夏になると、雲はいつも灰色の服を着る。その時期は大抵毎日雨が降るじゃろ。

それは暖かい風を含んだ灰色の雲が、冷たい風を含んだ高いところにある雲とぶつかって喧嘩するからなんじゃ。だから雷が鳴って、銀色や青い色をした光で線や大きな根っこみたいな絵が描かれる。すると、雲は透明な水の糸になって落ちてくる。それは地上に落ちるとまとまって流れていくんじゃ。街路や山道にある溝や堰を越えて行くときにゴボゴボと音がするのは歌を歌っておるからなんじゃ。お前は気づかんかったかもしれんが、お前がいとこたちと冒険ごっこをして遊んでおるのをわしは見ておったことがある。お前たちは紙の船に乗っておる様子じゃった。最後は石の舗道の縁のところで沈没したようじゃったがな」

ぼくはおじいさんに聞きたいことが他にもまだあったけど、おじいさんは嬉しそうに雲の話を続けた。

「雨がやむと空はまた青くなり、太陽は嬉しそうに輝いて花に笑いかける。花にはやがてスズメバチやトンボ、アブがやって来る。注意しておれば分かるが、植物の根元ではカエルが鳴き、水浸しになった草の上を嬉しそうに跳ね回る」

おじいさんがぼくの質問に答えてくれたので、ぼくはうれしくなって、さらに次の質問をした。

「おじいさん、スズメバチは何?」

おじいさんはニッコリ笑うと、説明を始めた。

「スズメバチというのは地面を歩き回る蟻を大きくし

たような虫じゃよ。透明な翅が付いておる。あいつらは大きな木の枝の先に、紙のような乾いたペーストで丸い形の家を作ってぶら下げる癖がある。スズメバチのお陰で人間は紙の存在を知ったんじゃ。人間は紙で本やノートを作った。だからお前が学校に行って宿題をするときはそれを使えるというわけさ」

「おじいさん、蟬は何？」

「それも飛ぶ昆虫じゃ。ゴキブリに似ておるが、もう少し大きい。木の幹にくっつく癖がある。オスの蟬は救急車みたいな音を出す。その音を聞いてもびっくりする必要はない。何もせん。あれはオスの蟬がメスの蟬を呼んでおるだけじゃ。蟬の鳴き声は何か大変なことが起こる知らせだと言う者もおるが、それは嘘じゃ」

おじいさんはまだ眠たそうな顔をしていなかったので、ぼくはさらに質問を続けた。

「おじいさん、トンボは何なの？」

「トンボは空中を飛び回る色鉛筆じゃな。水たまりや草花にとまるのが好きなやつらじゃ。なんで飛べるかというと、とても頑丈で透明な翅を持っておって、それをバタバタさせるんじゃ。ヘリコプターというううるさい音を出す金属の機械は、器用に飛び回るトンボの複雑ですばやい動きをよく観察した人が考え出したものらしい。トンボは森のヘリコプターというところじゃな」

おじいさんがぼくの質問に答え終わるたびに、ぼくは次の質問をした。

「おじいさん、カエルは何なの？」

おじいさんは愉快そうな顔をしながら、ぼくの質問に忍耐強く答えてくれた。

「カエルは月の永遠の恋人さ。夜になるとコオロギや蛍もその仲間に加わる。月と星はチョコレートが好きじゃから、よく水たまりにチョコレートを飲みに降りてくる。水たまりにはカエルが住んどるじゃろ。夜、月が真っ裸になると、その形が水たまりに大きく照らし出される。するとカエルたちは月に向かって、ぼくたちにキスして、と頼むんじゃ。夜空に浮かぶ銀貨のような月が優しい光でカエルを包んであげると、カエルたちは嬉しさのあまり、みんなで手を取り合って輪になり、お礼を言うんじゃ。レク、レク、レク、レク、レク、レク、レク、レク、レク、レク、レク、というあれじゃ」

ぼくは深い溜め息をつきながら訊ねた。

「おじいさん、ぼくは誰なの？」

おじいさんはそっけなく言った。

「お前ははるか昔からこの大地に暮らしてきた人間と同じで、元気な質問屋さんじゃよ。質問ばかりしておるいたずらっ子。終わりを知らない、いつまでも問いを出し続ける質問屋さんじゃよ」

Ⅳ

秘密の名前

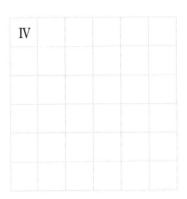

ぼくはミルパの中で、おじいさんがやって来るのを待っていた。午後の風が森の匂いを運んでくる。雨で濡れた草の葉っぱの匂い。森の主たちに祈りを捧げるための、祭壇に置く花を採りに行った時に嗅いだ、あの小さな花の匂いもする。だけど、どうしたんだろ。おじいさんはまだミルパにやって来ない。おじいさんに頼まれたことはもう済ました。いつも儀式をやる木の下に穴を掘っておけ、と言われたから掘ったけど、一体穴に何を入れるんだろう。おじいさんはぼくには分からないことをやることがある。理由を聞いても、理由なんかいらない、ただやればいいこともあるんだ、と言う。「お前はまだ、言われた通りにすればいい歳なんじゃ」だって。だけど、ぼくは今日は怒ってる。待つのって嫌いなんだ。一人でいるのが嫌な日だってあるんだ。ぼくのお母さんのお父さんを待ってるのに、なかなか来ない、そんな日は特にそうだ。今夜、いや明日の明け方、ぼくたちは一体何をするんだろう。さっき、あんまり遠くないところで、誰かが銃で何かを撃つ音が聞こえた。多分おじいさんだと思う。この前なんか、食い物を取ってくるって言うから、待ってたら、ガラガラヘビを持って帰ってきた。頭をちょん切って、皮を剝ぐと、それを鍋で煮た。ぼくたち、それを三日間も食べたんだ。他にも、飲まず食わずの日が続いた後、おじいさんがガラガラヘビを探しに行ったこともあった。蛇を持って帰って来ると、小屋の真ん中の柱にぶら下げて、頭をちょん切った。血が滴る蛇の下にヒーカラ〔フクベノキの実を半分に割った器〕の椀を置いて血を集めた。儀式を始める前に、ぼくたちはそれを飲んだんだ。ぼくは少しめまいがしたけど、おじいさんが唱えた呪文はちゃんと覚えている。

井戸の四囲を十三度廻るは汝の魂。焔の四囲を十三度廻るは汝の魂。風の四囲を十三度廻るは汝の魂。大地を十三度廻るは汝の魂。今汝が立つ場に埋まりしは汝のへその緒。へその緒は大地に対する汝の初穂、汝の魂を守る者たちへの欠かせぬ礼の品、汝の体を作りし母なるものへの聖餐。

引換えに、汝には弓が与えられる。矢が与えられる。縄が与えられる。薬草が与えられる。魔法の石が与えられる。大地が与えられる。色が与えられる。風が与えられる。名が与えられる。汝に与えられるものは全て、汝に絡みつき、汝の体に埋め込まれ、汝と一体となり、汝の体の一部をなす。

汝が自身の体を支えられるよう、弓が与えられ、矢が与えられ、縄が与えられ、石が与えられ、薬草が与えられる。与えられる。与えられる。与えられ、絡みつき、埋め込まれ、一体となり、一部をなす。そのことを忘れるなかれ。

其《そ》は大井戸の透明な水の中にあるかもしれぬ。家の中の燃えさかる火の中かもしれぬ。風が運んでくる印の中かもしれぬ。大地の匂いの中かもしれぬ。汝の種で子を宿す大地は先祖の蘇りを告げる。

汝の魂が永遠のものとなるよう、汝に名が与えられる。汝に大地が与えられ、色が与えられ、風が与えられる。汝の名は大地が目覚めるときに鳴く鳥の美しき歌声、そして夜明けの永遠の輝きを迎える感謝の呪文となろう。

汝の方角は美しい石に彩られし、曙のはるか彼方を向くか。かの地は汝の言葉に力を与える源。東より吹きし風は汝が沈黙を守らねばならぬ時に欠かせぬ、黙する力を秘めし聖なる息。その風には聖なる息のみが宿り、汝の心に力を授ける。風の透明なる翅は心が腰を下ろすべき声。其《そ》は汝に知恵を授け、汝が祈りを口にするとき、汝の体を包み込むだろう。

それゆえ、汝に名が授けられる。

其《そ》は、空の十三の角《かど》を十三度廻り終えしときに与えられる。

其《そ》は、十三段の階段を登り、十三の質問に答えねばならぬ場所に辿り着きし時に与えらえる。

忘れるなかれ。汝に与えらるる名は汝だけにしか分からぬよう汝の耳にだけ届く。それを忘れてはならぬ。其《そ》は人間に与えらるる聖なる名だ。其《そ》は汝の心を守る服となり、心を動かす力となる。記憶するのだ。文字にしてはならぬ。その名は汝の力だ。だが、その力はその由来を秘することによってのみ、大いなる力を保つことができる。それゆえ、汝の名は汝以外の誰にも知られてはならぬ。汝の魂にその名が息づく時、汝はこの世に生きる力を得る。

其《そ》は汝に渡され、汝に絡みつき、汝と一体となり、汝に埋め込まれ、体の一部をなす。そして汝の魂の一部となる。汝の魂は汝の名を入れし聖なる覆いなり。

おじいさんは呪文を唱える口調を少しずつ弱めていった。ぼくはまだ目を開けないで、おじいさんの呪文を聞いていた。

おじいさんが祈禱を終えると、静けさの中、大きな深呼吸をするおじいさんの息づかいだけが響いた。まるでおじいさんの体から漏れ出る、エンジンのアイドリングの音を聞いているようだった。あの夜の儀式でぼくは初めて、自分の名前を持った本当の人間、自分の魂を持つ唯一無二の人間となった。目を開けた時、ぼくは自分が以前とはまるで違う自分であるように感じられた。耳を澄ますと、目を閉じていても、世界を包む光の先まで行き、そこを出入りできた。だけど、怖くなった。もう以前と同じでいられなくなるのではないかと思った。自分でありながら、自分ではないように感じられる。それは不思議な感覚だったし、ぼく自身すごく戸惑った。ぼくは逃げ出したくなった。でも、どこへ？　ぼくは考えた。違う自分になることから逃げる必要があるのか。自分であり続けるために逃げたとしても、疑問を持ち続けることに変わりはないではないか。

迷路に迷い込んだような気がしたが、一番簡単なこと、それも一番やりやすいのは、違う自分のままでいること、つまり誰かに決めてもらったもののままでいることなのではないかと思った。ただ、気になることもあった。これから自分の名前を秘密にしたら、周りのみんなも戸惑うだろうし、一体どうすればいいのだろう。ぼくの元々の名前や先住民の苗字はどうすればいいんだろう。とは言っても、世の中は数字だらけ。自分の書類や暗証番号は数字だけで事足りる。数字はぼくを素性の分からない、顔のない人間にしている。

ぼくはこんがらがってしまった。道を途中まで来て、引き返そうか迷っている。ぼくを変な気持ちにさせ、不安にする新しい名前を諦めれば、以前の自分に戻れる。だけど、もう戻れない。新しい自分に出会うと全部が麻痺してしまう。全部が疑わしくなる。この難問を前に進んで解決するには、大人の人たちが言ってた昔からのやり方に従うしかないのかもしれない。自分の疑いは疑ってかかれ。そう。かつて疑いを抱いた人たちがまぼろしを断ち切るために使った言葉だ。自分の疑いは疑ってかかれ。だけど、今夜、ぼくはまだほんの子供だというのに、しかも何か確実なものを求めている時に、確実な道を探している時に、何千年も昔から決まっているというぼくの名前の起源を疑うことなんかできるのだろうか。マヤ語の名前が嫌いで、自分の名前や苗字をスペイン語に翻訳したり新しいものに変えたりする人たちがいるけど、そういった人たちはそれでどんな満足を得られるのだろう。恥ずかしくないのかな。そんなこんなで、儀式の日の夜、ぼくの頭の中には疑問が渦巻き、収拾がつかなくなり、嫌な気分になった。地平線に光が差して、こうもりが慌てて洞穴の隠れ家めがけてパタパタと飛んでいくまで、ぼくはずっと名前のジレンマに陥った。

ぼくが目を開けたとき、夜が明け、空は白み始めていた。七時間以上も続いた儀式で、ぼくはもはや以前のぼくではなくなっていた。ぼくは自分の過去を否定したわけではないし、未来には様々な驚きがあることも分かっていたけど、ぼくは儀式を通じて、東へ向かって歩み始めていた。もはや元の場所へ戻ることはできないその歩みを踏み出したことで、村役場の戸籍に届けられた名前で生きるぼくの体に、その夜明かされた秘密の名前がぼくの魂として住みついたのだ。

しばらくしてから、おじいさんは農園の自分の家へ帰る準備を始めた。トウモロコシを入れた重たい袋と農作業用の道具、それに大きなひょうたんを荷車に載せるようにぼくに言った。鉈鎌と猟銃二丁はもしかしたら必要になるかもしれないと言って、ドン・フェリシアノ・トゥスの息子たちのマウロとゴヨに持たせた。

ぼくたちは、以前ウシュマルに行く時に通った、途中にシュ・ノーラン、シキンチャー、シュ・コロシュチェのミルパがある、あの古い道を通って村へ戻った。その道でぼくたちはたくさんの荷車に出くわした。ガラガラと大きな音を立てて進む、トウモロコシの袋を目一杯に積んだ荷車の列はさながら巡礼者の集団のようだった。夏のあの時期、木々は華やいでいて、まるで縁日の沿道を歩いているかのようだった。ただ、時折始まる犬の喧嘩がお祭り気分を台無しにした。

　村への帰り道、最初のうち、ぼくはトウモロコシの袋の上に座っていた。荷車にエネケン〔サイザル麻〕のロープを結んで、マウロが荷車を左手で引っ張った。荷車の脇をおじいさんとドン・フェリシアノが押して歩いた。二人は楽しそうに話をしていた。幽霊の話、それからぼくが学校で使う教科書には載ってない英雄の物語や歴史について話していた。ぼくは学校の教室で教わることよりもそういった話のほうがずっと好きだ。二人の話を聞いているうちに、ぼくはうとうととしてしまった。ぼくは馬の背中を叩く、ぴしっという鞭の音を聞いては、はっとして目を覚ました。荷車に積まれたトウモロコシの袋の上に座っていると、荷車が石に乗り上げたときに出すガタンという、荷車が不平を言っているような音が体に伝わった。こんな音が聞こえているのはぼくだけなのかもしれないと思った。荷車は荷物とぼくを背中に載せて運んでいる。でもぼくはぼくで、不安という重荷を背負っている。どっちが重たいんだろう。荷車が運んでいる荷は、ぼくが背負っているものとは全く違う性質のものだ。荷車のは荷物だけど、ぼくのは苦悩だ。荷車は荷物を下ろしてしまえば、重みから解放される。それに対して、ぼくの不安は増すばかりのような気がした。

それにぼくはこんなことも言われていた。これから先、ぼくの力は体力によるのではなく、名前の力、つまり心の強さによって決まる、のだと。

おじいさんの家に着いた時はもうとっくに暗くなっていた。その時は、もう夜もだいぶ遅かったので、すぐに寝るように言われた。しかも、みんなとは別に寝るようにと言われた。ぼくは居心地の悪さを感じていた。もらった名前を黙っておくことなんかできないんじゃないか、心配だったんだ。ぼくの秘密の名前は誰にも知られてはならないと言われた。「誰かがそれを知ったら、お前をやっつけるためにそれを使うかもしれない」。その晩、ぼくは一人で泣いた。ぼくは秘密の名前を知ることの重みで押し潰されそうな気がした。それを誰にも教えずにずっと生きていくことなんか無理だと思った。
疲れ切っていたぼくは、しばらくすると、不安があるにもかかわらず、気が付かないうちに寝てしまった。ただ、寝てしまうまではずっと、儀式の時の様子やグレゴリオおじいさんが言った言葉の一つひとつを思い出していた。

お前を見つけるのは大変じゃった。今やお前のものとなったその名前をお前が使うことになるとは、わしらは考えてもおらなんだ。ラモンとゴンサロの二人がその贈り物を受け取る、あとちょっとというところまでいった。だが、わしらは迷ったんじゃ。その名前を使う責任を本当に引き受けられる者が誰なのかを確実に知るために、わしらはその手のことに詳しい人たちに相談した。そしてやっとお前にたどり着いた。忘れるなよ。その名前はわしらが歴史と時間の一部であり続けるために必要なものなんじゃ。

今日もはるか昔も、人間が使う名前は、人間が負うべき責任だ。誇りを持っている限り、それを重くは感じない。だが、それを持つことを嫌がれば、疲れる。名前は自分の家の中と同じようにいつもきれいにしておけ。なぜなら、名前は魂が住む場所だからじゃ。自分が望みさえすれば、名前は永遠の光にさえなる。自分の名前に対する誇りを捨てれば、それはうるさい音を立てる殻でしかなく、やがてお前をだめにする。今の世の中には、単に繰り返し使っているから、自分の名前を知っているだけの者もいるが、そんな人間はもはや命を持たないこだまのようなものだ。お前の秘密の名前は、お前がそれを自分の魂の住《す》み処《か》にしたいと思うならば、それは自分の起源へと立ち返るための風となってくれよう。その名はこの世において決して死ぬことのないたった一つのものなのじゃ。

V

鳥の秘密（一）

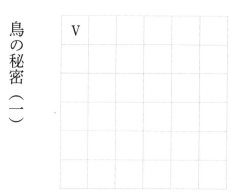

まだ夜明け前のことだった。屋根は椰子の葉で葺き、壁は草を混ぜた泥を丸太の間に塗っただけの家の中には、いとことグレゴリオおじいさんの寝息が響いていた。時折、ドアの隙間から、グアヤバの木の強い匂いのする風が入って来る。グアヤバは夏になると緑と黄色の混じった重そうな実を付け、独特の匂いを出すんだ。

みんなはぐっすり寝ているけど、ぼくは目が覚めている。ぼくは、朝方村の学校に行くときに通る、おじいさんの家を出てから通りに面した門にたどり着くまでの畑を思い出してみる。そこには蜜蜂の群れでかすかに揺れるジャスミンやオレンジの花が咲いていて、柔らかな匂いが漂っている。蜜蜂が立てる唸りには、教会で行われるミサの中のあのラテン語の賛美歌のような響きがある。

こんな音だ。んんんんんんんんんんん。

ぼくにはそんなふうに聞こえるんだ。

そう。まだ夜明け前だった。雄鶏が羽をばたつかせて鳴き声を上げた。教会の鐘も鳴った。でもおじいさんはまだ眠ったままだ。

そう。ぼくだけ目が覚めている。おじいさんが時間の流れについて教えてくれたことを思い出してみる。おじいさんは突然何かを見つけて言うんだ。木から延びる影を見たり、昼だろうと夜だろうと、聞こえて来る鳥の鳴き声に耳を澄ましたり、蟻の行列が向かう方向やクモの巣の広がり具合をじっと見つめたり、満月の夜の月の光り具合を確かめたり、その他いろんな自然現象を眺めては、そこから何かの知恵を取り出す。おじいさんにとって、どれもこれもこの世界に関する知恵が詰まった容れ物なんだ。

まだ夜明け前だった。曙が赤くなった雲のまつげをもたげて、今まさに目を開けようとしたその時、おじいさんが目を開けた。ぼくがハンモックの中でごそごそしているのに気が付いたおじいさんはぼくに声をかけた。

「さあ、起きろ。今日は小鳥のきれいなさえずりを探しに行くからな」

わけが分からず、ぼくは訊いた。

「おじいさん、小鳥のさえずりは何かぼくの役に立つの？」

「三か月前、お前は目が覚めたとき、夢の中である言葉を耳にしたと言ったじゃろ。それは異なるさえずり方をする五羽の鳥を見つけろってことなんじゃ。五つのさえずりを集めれば、名前が分かる。その名前の中にはお前が持つべき歌の力が詰まっておる」

ぼくはさらに訊いた。

「なんでぼくはその力が必要なの？　その歌は何の役に立つの？」

「人間は生まれると、守ってくれるものが必要なんじゃ。父さんや母さん、きょうだい、親戚、それだけじゃ足りない。父さんや母さん、きょうだい、じいさんやばあさんは確かに大きくなるまで住む家や食べ物をくれ、面倒を見てくれる。だが、自分を守る、つまり魂を勇気づける力を持つというのは自分にしかできないことなんじゃ。人間はみんな同じように見える。家族は何か共通のもので結ばれておるように見える。だが、みんなどこかが違う。

その守ってくれる奴《フ・カナン》というのは、たとえば、何かの言葉かもしれんし、何かの音や歌、祈りかもしれん。あるいは石だったり、星だったりする。草や木、花、種かもしれん。もしかしたら、トカゲや犬、鳥、あるいは風や色かもしれん。どっかの場所だったり、道でも構わん。井戸や水たまり、川、泉にある水かもしれん。

人間は自分を守ってくれる奴が誰なのか知らないでいると大変なことになる。要するにものや言葉、植物が力であり、それらが守ってくれる奴なんじゃ。わしらはそれぞれに自分を守ってくれる奴を見つけねばならん。それを見つけるには見つけ方を知っておる者の助けが必要なんじゃ」

おじいさんはそこで一旦話をやめ、ぼくに背を向けると、黙ったまま、自分のハンモックを下ろし、古い木箱に入れた。きしむ木箱の蓋を閉めてからぼくに向かって言った。

「こんな話は信用せん者もおる。人それぞれじゃから、それは仕方ない。それに、そんなものはいらんと言う者もおる。もっとも、いらんと思っておるだけじゃがな。お前はそれがいるんじゃよ。お前が思い出した夢の言葉はまさにお前を守るものが歌であり、お前の力であることを伝えておるんじゃ」

ぼくたちは屋根があるだけで壁のない台所の方へ出た。おじいさんは金属製のコーヒーポットを手に取ると、ぼくにヒーカラの椀を二つ用意するように言った。

おじいさんは自分の椀にお湯を入れると、コーヒーの粉と砂糖を加えた。ぼくはお湯をそのまま飲んだ。すると、おじいさんが言った。

「さあ、出かけるぞ。急がないとな。雄鶏が鳴く前に出かけにゃならん。持っていくずだ袋を急いで用意するんだ。サンダルは履いちゃいかんぞ。

軒に吊るしてある小さなひょうたんを忘れるな。お前だけが飲む水が入れてある。三時間したら一口だけ飲んでもいい」

台所を出るとき、おじいさんが竈の火に水をかけて火を消した。水がかけられた薪から立ち上がった煙でぼくはむせてしまった。息ができないでぼくが苦しんでいると、おじいさんがぼくの背中をさすってくれた。それでぼくはやっと普通に息ができるようになった。

それからおじいさんはぼくに言った。

「目的地は近いかもしれんし、遠いかもしれん。わしらが呼べば、もしかしたら今日にも、鳥は答えてくれるかもしれん。その鳥は、呼べば、五回続けてさえずる。わしらがさらに呼んでそれに答えたら、それが探しておる鳥じゃ」

おじいさんは台所の柱に掛けてあった帽子を取り、かぶりながら付け加えた。

「鳥のさえずりが聞こえたら、そのさえずり方を覚えるんだぞ。後から探す鳥の歌にもそれが入るからな。

いいか、わしらはたくさん歩かねばならんかもしれん。腹が空いても、こそこそ飲み食いするんじゃないぞ。空腹を我慢して、自分が呼ぶ鳥のことを常に意識しておらんと、鳥は出てこんぞ。

集中するんだぞ。お前が気を抜くと、その分だけ余計に歩くことになる。鳥を見つけられるか否かはお前次第じゃ。わしはお前が鳥を見つけるための道案内をするだけじゃからな。

もうひとつ言っておくが、今日探しに行く鳥は朝の鳥じゃからな。お前が本当に鳥を呼び出したいと思って頑張れば、鳥は歌を届けに自ずと出てくる。じゃが、正午を過ぎても見つからん時は、明日もう一度探しに行かねばならん」

いとこたちはまだ寝ていた。おじいさんとぼくは物音を立てないよう、そうっと家を出た。

おじいさんがぼくの前を歩いた。おじいさんは右手に先の曲がったマチェテを持ち、左手には先の尖った棒を持っている。着ているのはズボンと襟のない白いシャツ。頭には長年使ったせいでもう色褪せてしまった赤いリボンのついたソンブレロ〔ツバ付き帽〕をかぶっている。二人とも裸足だ。

ぼくたちはいい匂いのするリモナリアの木が植えられている庭を通り抜けた。そこには蜜蜂の巣箱が置いてある。それから石塀を飛び越えると、灌木が茂って薄暗くなった小道を抜けて、大きな道に出た。

おじいさんが事前に言っていたように、ぼくたちは東の方角を目指して、特に急ぐこともなく黙って歩いた。今回はいつもと違って、農園の犬たちはついて来なかった。明け方のこの時間にはどっかに行っているのだろう。もしかしたら雌犬を探してうろついているのかもしれない。

おじいさんに言われた鳥を心のなかで一人で呼びながら歩いていたので、ぼくは時間が経つのに気が付かなかった。

チャンヤやノー・チャク・ルウム〔マヤ語で「赤い大地」の意〕と呼

ばれている、目印の石が積んである休憩場所も通り過ぎて、随分と歩いた頃、ある分かれ道に出た。おじいさんは躊躇せずに足をチュンツァラム〔メキシコ東部カンペチュ州カルキニ町の東にある畑に付けられた名前〕の森の方へ向けた。その場所に着くと、そこで立ち止まり、木の枝を何本か切って目印として置いた。

空が白み始めた頃、遠くの方で何か単調な音が聞こえたような気がした。ぼくは疑わなかった。これはぼくがずっと考えていた鳥の声に違いない。

「フーウウウウウウウウウウウウウウウウウウ」

歩こうとしたが、歩けなかった。その音でぼくの脚が動かなくなったのだ。立ち止まっていると、また同じ音が聞こえた。

「フーウウウウウウウウウウウウウウウウウ」

するとぼくの前を歩いていたおじいさんが振り向いて、ぼくを黙ってじっと見ていたかと思うと、ぼくに言った。

「ひざまずいて地面に口づけをしろ。鳥が五回目の声を上げる前にやるんだ。急げ。ユンユム〔オオツリスドリ〕が行ってしまわないうちにやるんだ」

ぼくはすぐに言われた通りにした。ひざまずいて地面に口づけをしてから、顔を上げると、右手の方からまた同じ音が聞こえてきた。

「フーウウウウウウウウウウウウウ、フーウウウウウウウウウウウウウウウ」

次に何をすればいいかおじいさんに聞こうと思って、立ち上がろうとしたとき、別の鳴き声が聞こえてきた。

「チュフック、チュフック、チュフック」

ぼくの頭の上、一メートルくらいのところで、緑と青と赤の色の混じった一羽のハチドリが黄色い花の前で羽ばたいていた。

「チュフック、チュフック、チュフック」

すると今度はぼくの後ろから別の鳴き声が聞こえてきた。

「ウッツ、ウッツ、ウッツ、ウッツ、ウッツ、ウッツ、ウッツ」

ぼくはびっくりしてその音を出している鳥を探した。

それはピタヤ〔ドラゴンフルーツのマヤ語名〕の蔓の上で翼を広げてとまっている黒いハゲワシだった。

ぼくがひざまずいたままでいると、今度はぼくの目の前で赤い鳥がきれいなさえずり声を上げ始めた。

「ブク・プリシュ、ブク・プリシュ、ブク・プリシュ」

しばらくそのさえずりを聞いていたぼくは、我に返っておじいさんを探した。おじいさんもぼくと同じように道の真ん中でひざまずいていた。おじいさんは立ち上がると、ぼくの方を向いて、また歩くようにと合図をした。ぼくは疲れていたけど、文句は言わずに立ち上がった。ぼくたちは草がいっぱい生えた小道を歩いた。小さな丘を登り、下りはじめると、ナンセの木がいっぱい生えている谷が目の前に広がった。ぼくたちは下り坂を並んで歩いた。すると、ぼくの左側で鳴き声が聞こえた。

「ウウウウウウウウウウフー、ウウウウウウウウウフー、ウウウウウウウフー、ウウウウウウフー、ウウウウウフー」

音が谷全体にこだました。ぼくはとてもうれしくなった。

ぼくは再びおじいさんと並んで歩こうと、おじいさんを追いかけた。並んで歩きながら、ぼくはおじいさんに時間を訊ねた。

「三時間は過ぎたな。あそこのヒーカラの木の下で水と蜂蜜を飲もうか」おじいさんは右手の人差し指でその木を指差した。「ナンセの黄色い実を取って食べてもいいぞ。だが、これからわしの言うことをよく聞くんだ」

おじいさんは真剣な顔をして説明を始めた。

「お前はすごくついてるぞ。さっき平原に響き渡ったさえずり声を上げた鳥はお前が夢の中で聞いた鳥じゃ。この辺りじゃ、白い鳩という意味でサクパカルという名で呼ばれておる。お前はその鳥がヒーカラの木にとまって歌を歌っておったことは覚えておらんかった。じゃが、ハチドリの歌と東の方を向いて翼を広げておったハゲワシは鳩がいる場所をわしらに示しておった。

ハチドリはさえずりでチュフックと言っておったじゃろ。それは甘いという意味じゃ。黒いハゲワシはウッツという音を出しておった。つまり、いいぞ、いいぞ、と言ったんじゃ。この二つの鳥はこれから先お前が目にするものは甘くいいものだとわしらに伝えとったんじゃよ。じゃから、わしらはここまで来た。右の方にはうれしそうに歌う鳩がおるじゃろ。お前は五つの鳥の歌を見つけたんじゃ。これがお前の力であり、守ってくれるものじゃ」

「最初の鳥は何て言ったの？」

「あの鳥はノム〔ヤマウズラ〕と言うてな、山の中でお前を導いてくれる鳥じゃ。その鳥の歌を聞いておれば、お前は道に迷うことは絶対にない。ノムという名前の最後の音はお前の父方の苗字の最後の音に似ておるじゃろ。それに、ノムが歌っていた時に一緒にいたユンユムの羽は黄金色じゃっただろ。それはお前に幸運をもたらす色じゃよ。じゃが、お前を守ってくれる鳥は、お前はまだ子供じゃから、あの小さなハチドリじゃな。ハチドリのチュフックという声は歌のメロディーのことを言っておるのではなく、ハチドリの心が男と女との間の甘い愛情を表すからそう言っておるんじゃ。お前は本当についておる。たった一日で五つの鳥のさえずりを見つけたんじゃからな。わしなんぞ、自分を守ってくれるものを見つけるのに三年もかかった」

農園へ帰る頃には、日が陰りだした。歩きながら、ぼくはおじいさんに訊ねた。

「おじいさん、鳥って何なの？」

「話してやってもいいが、ちゃんと聞くんじゃぞ。他のことに気を取られておったら、話してやる意味がないからの」

「約束するよ。ちゃんと聞く」

すると、喜んだおじいさんは話し始めた。

「鳥は誰にも縛られることなく、自由にさまよう彗星じゃ。木の枝にとまって、この世が生まれてから最初の声である歌や祈りをわしらに歌ってくれる」

「たったそれだけなの？」

「いいや。鳥のさえずりの一つひとつ、羽毛の一つひとつの色には世界の創造主の名前が隠されておる。これからお前は二十羽の鳥のやさしいさえずりと十三種類の羽毛の色に秘められた創造主の名前を知ることになる。その痕跡をたどることで、お前は探しておる秘密の名を知ることができるんじゃ」

「じゃあ、創造主の秘密の名前を教えてもらうには、鳥にどうやってお願いすればいいの？」

「創造主の名前を鳥から教えてもらうには、お前が目覚める必要がある。朝早く起きて、お前の心の中に棲んでいる鳥が甘く柔らかな調べで話す言葉に耳を傾けるんじゃ。注意して聞けば、自由を夢見る囚われの鳥の声の中にお前の求める言葉があるはずじゃ」

「おじいさん、ぼくの中に棲んでいるというその鳥を実際に見ることはできるの？」

「いいや。お前の中にいてお前の命を守ってくれる鳥は赤い鳥じゃ。お前の体の外に出るときは白い鳥になる。お前の体がこの世を去るとき、その鳥はお前を神さまが住む場所へ連れて行ってくれる」

「おじいさん、ぼく、その赤い自由な鳥になりたい。世界の創造主の名前を覚えて、おじいさんやお父さん、お母さん、お兄さん、お姉さん、みんなに教えてあげるんだ。それとも、命を与えてくれる聖なる名前は知らないでいるほうがいいものなのかな？」

おじいさんの返事はなかった。

「おじいさん、おじいさん、答えてくれないの？　おじいさん、おじいさん、なんで黙ってるの？」

ぼくはもっといろんなことを聞きたかったけど、おじいさんは何か考え込んだ様子で、農園までの小道を黙って歩いていた。

日も暮れかけた頃、ぼくたちは果物が植えてある農園にようやく着いた。朝早くから昼過ぎまでたくさん歩いたからおじいさんは疲れていたのだろう。しばらく寝かせてくれと言って、椰子の木が近くに植えてあるコンクリートの家の方へ行ってしまった。

おじさんたちも畑の仕事を手伝えとは言わなかったから、ぼくはいとこやお兄さんたちと一緒にキンボンバ〔竹馬。マヤの伝統的な遊具〕をしに通りに出た。

ぼくたちが遊ぼうとした農園の入り口の門の脇には、トウモロコシの袋を積んだ荷車が停めてあった。それは農夫たちがウシュマルの近くの山から運んできたものだ。巡礼みたいに歩いていたあの荷車だ。今、ラバは草を食み、馬はブリキのバケツに入れられた水を飲んでいる。一緒に来た犬たちは荷車の下で日に当たって寝そべっているか、トルティージャのかけらを取り合って争っている。農夫たちは何かを食べながら、マヤ語でおしゃべりをしている。

竹馬でどれだけ歩けるかのくらべっこをして遊んでいたとき、荷車が来たのと同じ方角から学校の友だちのマヌエル・ミジャンがやって来るのが見えた。彼はきれいな声を出す美しい羽の鳥を捕まえる名人だ。今回も小鳥が飛び跳ねている鳥かごを二つぶら下げている。

鳥を捕まえてきた友だちをいとこや荷車のおじさんたちが取り囲んで、わいわいがやがや話している姿を見て、ぼくはふと思った。おじいさんはぼくに畑の耕し方や農園の動物の世話の仕方、他にもいろいろと農作業について教えてくれるのに、どうして鳥かごの作り方は教えてくれなかったのだろう。

鳥捕り名人の友だちが町の方へ行ってしまった後、ぼくは、なぜ鳥の捕まえ方を教えてくれなかったのか、とおじいさんに文句を言いに行った。

おじいさんは台所の入り口のところで犬に餌をやって

いた。

ぼくの文句を聞いたおじいさんはすぐにこう言った。

「鳥の歌声を楽しみたけりゃ、鳥かごなんか持たんでもいい。木を植えればいいんじゃ。鳥の鳴き声はみんなのものじゃ。誰か一人のものじゃない。

自由に生きる鳥の歌声は世界の創造主の言葉だ。それは自由に生きる人間と同じで誰にも買えん。売り物じゃない」

煮たフリホル豆の汁にトルティージャを混ぜた餌の取り合いで、犬たちがいがみ合いを始めた。犬の吠え声で、おじいさんの声はかき消された。いがみ合う犬たちをなだめてから、おじいさんは話を続けた。

「鳥かごに入った鳥の声を聞いて何になる？　囚われの身の鳥に生きる喜びが歌えると思うか？　鳥の歌声ときれいな羽をめでたいのなら、自由に生きる自然の言葉はかごに入れるな。鳥が一番いい音楽を奏でられるのは木の枝の中じゃ。覚えておくがよい。自由に格子をはめる者は自分の心に鍵をかけ、自分の言葉を遮り、自分の尊厳を失うことになる」

鳥の自由についてのおじいさんのこの言葉を聞き終わったとき、それまで気が付いていなかったのだけど、すでに夜のとばりが下りて、空の星と蛍が光を放ち始めていた。

ぼくはその場所を離れる前に、大きな声でおじいさんに文句を言ってしまったことを謝った。おじいさんの話を聞いて心が晴れたぼくは、果物畑の家を後にし、お父さんお母さんと一緒に暮らす町中の家に戻った。

VI

鳥の秘密（二）

チッ、チッ、チッ、チッ、チッ、チッ、チッ、チッ、チッ、チッ

ウウウウウウウ、ウウウ

ウウウウウウウウウウ、ウウウウウウウウウウウウ

チッ、チッ、チッ、チッ、チッ……シーイイイ、シーイイ

イイイイイイ

チッ、チッ、チッ、チッ、チッ……シーイイイ

シーイイイ

金曜日の午後、チェルおじさんの乗ったメリダ市に向から列車が、ぼくの生まれ故郷であるカンペチェ州北部のカルキニの駅に停まるとき、そんな音が響いたものだ。

当時はぼくの町とメリダやカンペチェの街をつなぐ交通手段は汽車以外になかったので、汽車が駅に到着する様子を見に行くことは一つの楽しみだった。

汽車が停まると、一等車でも二等車でも、ぼくの町が最終目的地ではない乗客が駅の周りの様子を見ようと窓から顔を覗かせる。しばらくすると、ぼくのおじさんが一等車から慌てて降りてくる。

一方、駅のプラットホームには売り子がたくさんの商品を並べて待っている。彼らが売っているのは、オレンジ、フリホル豆のエンパナーダ〔包み揚げ〕、赤いシルエラ〔梅の実〕、ココヤシのアイスクリーム、粗末な紙に包んだナンセの実、半分に折ったバルキージャ〔焼き菓子〕、蜂蜜をかけたチューロやブニュエロ〔棒状の長いチューロ〕、出来たてのパヌーチョ〔中にフリホル豆のペーストを詰めて揚げたトルティージャにチキンなどの具を載せたもの〕、乾燥トウガラシの粉をかけたヒーカマ芋、茹でたユカ芋、ワヤ〔丸く小さなぶどうのような実を付ける木〕の実、ポームチ村〔カルキニから三十キロメートル程南にある村〕のパン、ラードとアニス入りのパンケーキやビスケットなどだ。

　なかには車両に乗り込み、食べ物を売り歩く人もいる。鹿の生肉、まれにだが地炉蒸しにしたものを売っていることもある。その他に豚肉や七面鳥なども売っている。

汽車の横ではパシン・リベロとチラヤ・リベロ、アダリオ・グエメス、ベルト・パカブ、パブロ・パカブ、それにコウォ兄弟とそのおやじたちが代わる代わる荷物を降ろしたり積み込んだりしている。ビスケットの箱、小麦や砂糖、米などの袋、食用油の入った缶、椰子の葉や花の束、ラードの入った大きな缶、靴を詰めた箱、布や服、カカオの包み、金物店に並ぶ雑貨、郵便物の入った袋、砂糖やりんご、梨、ぶどう、バナナなどの果物の入った木箱、鮮魚や干しサメなど。後ろの方の車両では牛を載せようとしている。袋に詰めた鶏や七面鳥も積み込んでいる。他にも、束にした箒、かご、帽子、ハンモック、ござ、テパカン村で作っている壺やかめ、ハンモックを作るのに使う紐。そういったものがメリダに運ばれていくのだ。

発車を告げる汽笛が鳴ると、ぼくのおじさんもおじいさんの農園へ向けて歩き出す。

線路の縁を歩いていると、枕木とレール、それにその上を走る重たい汽車を支えているたくさんの砂利に足を取られて、よくつまずきそうになったものだ。

カンペチェ市からやって来るおじさんはユカタン鉄道会社の検札係として働いていたので、いつもベージュ色のズボンと上着を着ていた。上着をいつも少しだけはだけて、中国製のパチモノの白いシャツをこれ見よがしに覗かせていた。それに、午後の暑い日差しから頭を守るため、濃いコーヒー色のフェルト帽をかぶっていた。
　おじさんはいつも左の肩に椰子の葉でできたバッグをぶら下げていた。中には大抵、フランスパン、ココタソ〔ココナッツの実で作ったお菓子〕、豚肉、干しサメが入っていた。りんごやぶどうを入れてくることもあった。そして右手には携帯ラジオをしっかりと握っていた。そのラジオからはアコーデオンの音が響くノルテーニャ〔メキシコ北部〕音楽が聞こえてきたものだ。

君の家の人たちは何と言うだろう
ぼくが酒を飲んでいるのを見たら
君のせいだと思ってくれるだろう

ぼくが酒を飲んで回っていることを
それに言うだろう、「頑張れ」と
でも君にも分かって欲しいな
酔っ払ってるのは君のためだと

ズボンの後ろのポケットには必ず『ユカタン日報』か雑誌の『警報《アラルマ》』が今にも落っこちそうな状態で差してあった。

ぼくは汽車が駅に着いた時の雰囲気が大好きだったから、中学生の頃は金曜日になるとよく授業をサボった。
農園に着いてみると、ぼくのお母さんのお兄さんは、一方の端をサラムーヨの木の幹に、またもう一方の端をサポジラの木にくくり付けたハンモックに寝そべって、ハンモックを揺らしながら、テキサス・ハーリンゲン（米国テキサス州南部の町）のラジオ放送を聞いている。

　ラジオ放送からはポルカやレドヴァの音楽の合間にメイヨークリニック（米国ミネソタ州ロチェスター市に本部を置く総合病院）が作った薬のコマーシャルがいろいろと聞こえてくる。ラジオから聞こえてくる声はもったいぶった話し方で、薬の効能や購入方法について説明している。現金着払い、しかも返品可能だそうだ。

　ぼくたちは土曜日には早い時間から果樹園で剪定や水撒きの仕事をした。午後にはトウモロコシの実を外す仕事をしてから、熟した果物を採りに行った。まん丸くおいしそうに熟したオレンジ、重たくなったアボカド、大きなグレープフルーツ、つるつるして摑みにくいレモン、赤や黄色のマンゴー、エロティックな形をしたマメイ、匂い立つグアヤバ、シルエラやスターアップル、パイナップル。あるいは、赤カブや玉ねぎ、シラントロ〔香菜〕、トマト、かぼちゃ、カブハボタン、レタス、カリフラワー、棘が生えたチャヨーテ瓜といった野菜の収穫も手伝った。

年下のいとこたち――チェト、ドシア、パティン、フェリパ、インダレシオ――と一緒に、庭で花を切る仕事を任されることもあった。カーネーションやグラジオラス、百日草、ジャスミン、黄色いヒマワリといった花が植えてあった。ぼくが一番好きだったのは、柔らかな匂いのする白ユリをくくるときだった。

夜になると、ぼくたちはエネケンの紐で編んだハンモックに横になり、放送局XEWの「ラテンアメリカの声」かXEBの「メキシコのB」——どちらも首都メキシコ市にある放送局——を聴いた。ぼくら子供たちはそれを聴いているうちに眠ってしまうのだった。

おじさんやおばさんたちはラジオを聴きながら、ラモナおばさんが翌日町の市場で売る果物や花を袋に詰める作業をしていた。

日曜日には何の仕事もないので、ぼくはいとこたちと、農園の大きな家のそばに生えているジリコテ〔家具や食器棚、工芸品などの材料に使われる木〕の木の下で、独楽《こま》回しやビー玉をしたり、犬を相手に闘牛ごっこをして遊んだ。ぼくが子供だった頃にはＸＥＷのラジオ番組に「農場労働者の時間」というのがあって、ぼくたちは大音量で流れてくるその番組をよく聞いた。ぼくたちはその番組からワステカ地方の伝統音楽ソンの歌を覚えた。

男たちが帰ってきた
ギターを抱え、楽しそうに歌いながら
男たちが帰ってきた
深い草をかき分けて
遠くまで広がる沼地の先から

男たちが帰ってきた

夜になると
大きな月が出て
山を明るく照らす
遠くからやって来るのが見える
土壁の家が
草陰の奥に見え隠れする
あそこに俺の妻がいる
俺が帰るのを待っている
男たちが帰ってきた
ギターを抱えて

いとこのゴンサロやラモン、フリアン、フェルミン、それにお兄さんのアントニオたちと一緒に、雌牛や子牛、種牛を果樹園の端まで連れて行くのに、木をくぐりながら細い道を歩く時、ぼくたちはこの歌を歌ったものだ。

あの頃、ぼくはとても怖がりだったので、夢をうまく見ることができなかった。いろんな声や物音が気になって眠れない夜もあった。荷馬車の車輪が石とこすれて軋む音、馬のいななき、馬の背中を叩く鞭の音、発情した雌牛の匂いを嗅ぎつけたに違いない雄牛のうめき声、犬の遠吠え、そういった様々な音でぼくは夜ぐっすりと眠れないことがあった。夜明け前の雄鶏の鳴き声や、どこからともなく遠くの方からカウベルのドロン・ドンという音が聞こえて来ると、ぼくは長く辛《つら》い夜が明けるのだと思ってほっとした。

そうしたよく眠れないある日の夜、どこもかしこも水浸しになるのではないかと思うくらいの大雨が降った。雨が降り続く中、ぼくのお母さんのお父さんがやって来てぼくを起こした。これから鳥の歌を見つけに山に行くのだと言う。

ぼくはおじいさんの声は聞こえていたが、聞こえないふりをして寝ていた。すると、怒ったおじいさんはぼくのハンモックを揺すった。ぼくは嫌だったけど、すぐに起きた。

ぼくが不機嫌な顔をしているのに気が付いたおじいさ

んは言った。

「わしらが始めたことは遊びじゃないんだぞ。さあ、出かけるぞ。急げ。わしらの目的は、雨がやむ前に終わらせねばならんのじゃ」

「ぼく、寒い」ぼくは言い返した。

「まだ濡れてもおらんのに、寒いわけがなかろう」おじいさんはそう言うと、さらに続けた。「冷たい水に濡れても病気にはなりゃせん。むしろ、冷たい水はお前がこれから見聞きするものからお前を守ってくれる」

それ以上は何も言わなかった。

家を出ると、薄明かりの中でミミズクが不気味な声で鳴いたので、ぼくは怖くなった。この前とは違って、ぼくはおじいさんの前を歩いていた。

時々光る稲妻の明かりを頼りに、ぼくは手探りで歩いた。井戸の脇を通り過ぎようとした時、不吉な鳥がまた鳴き声をあげた。気が付くと、井戸の風見がぐるぐると回っていた。

空を見上げると、ミミズクが飛んで行くところだった。突然、巨大な石ががらがらと大きな音を立てて崩れて来るかのように雷が鳴り、雨がざあざあと降ってきた。驚いたミミズクは急いで飛び去った。雨はやがて西の方へと移動して行った。

ぼくたちは歩みを速めて大きな道路へと急いだ。雨はすぐに上がり、星が出てきた。ぼくは襲い掛かる緊張と寒気を払いのけようと、深呼吸をした。大地と山の草木の匂いが体の中に入っていくのを感じた。

びしょ濡れになって、ぼくは震えていた。激しい雨が残していった水たまりと滑りやすい泥にぼくは悪戦苦闘した。

シュチの森に着くと、蛇のような形をした動物が枝から枝へと飛び移っていくのが見えた。枝を揺さぶるので、木の枝から水が落ちてきた。よく見ると、その動物には銀色をした翼が生えていた。

今になって思えば、翼の生えた蛇はずっとぼくらの脇を一緒に歩いていたような気がする。しかも、それは段々と大きくなっていった。

ぼくは何か不思議な力を受けて前に進んでいた。後ろを振り向くこともできなかった。ぼくは休まず前に進むように、何かあるいは誰かから後ろを押されているみたいだった。だけど、雨の中を歩いている間、怖さは全く感じなかった。

緩やかな下り坂を降りると、Y字型の三叉路に出た。まさにその場所で、巨大な動物と化した翼の生えた蛇がぼくらの頭上を静かに通り過ぎたかと思うと、藪で閉ざされた道を照らしながら行ってしまった。そのあと何が起こったのか、ぼくは全く覚えていない。

多分、ぼくはそこで気を失ったんだ。目が覚めた時、ぼくは農園の大きな家の中にいた。おじさんたちがぼくの名前を呼んでいた。ぼくは、おじいさんはどうしたのか訊ねた。おじいさんは朝早くに森へ行ったという返事だった。

その日、ぼくは変な気分のまま学校へ行った。お姉さんのロサリオがぼくと同じグループにいたので、教室ではお姉さんが色々とぼくに気を遣ってくれた。ぼくの様子に気づいた先生がお姉さんに頼んでくれたんだ。「弟君は体調が良くないみたいだね。何かあったんだ。気を付けてあげなさい」って。

それからだいぶ日にちが経った。多分数週間だろう。あの出来事があってからというもの、ぼくは時間の経つのがよく分からなくなっていた。

ある蒸し暑い日の午後、ぼくはおじいさんの家に行った。おじいさんはツィツィルチェとターの木を切って戻ってきたところだった。ぼくはおじいさんに言われた通り、その木の葉っぱを使って水浴びをした。

その日、おじいさんは嬉しそうにしていた。ぼくが言うことを聞いて笑っていた。だけど、そんなおじいさんはぼくにはとても不思議だった。あの嵐の夜、おじいさんはどうしてぼくを起こしたのか訊いてみることにした。

おじいさんは笑うのをやめ、ぼくに言った。

「わしはお前を起こしてなんかおらんぞ」

予期していなかった答えにびっくりしたぼくは反論し

た。

「嘘だい。ぼくを騙そうとしてるんでしょ。だって、おじいさんはぼくのハンモックを強く揺すったでしょ。アルパルガタを履く時間さえくれなかったんだよ。急いで家を出たじゃない。歩いてる間、おじいさんはずっと黙ってた。ぼくに全然話しかけなかったよ」

それから、起きたことを必死で思い出しながら、付け加えた。

「風見の近くを通ったとき、強い風が吹いて雨が降ってきて、風見が勢い良く回った。ぼくたちの上に落ちてくるんじゃないかと思ったくらいだった。その前かな、ドアの枠にとまってたミミズクが鳴いた。牧場の水飲み場につながる水路を飛び越えたときも、そのミミズクがまた鳴いたんだ」

おじいさんは顔を左右に振りながら、そんなことは知らないという素振りでぼくに言った。

「その夜、わしはお前と一緒にはおらなんだ。お前は一人で出かけたんじゃ」

ぼくはおじいさんが言っていることが信じられなかった。あの鳥を探しに森へ行くために、おじいさんがぼくを起こしたことだけは絶対に本当だ。

何がどうなっているのか分からなくなったぼくは、恐る恐る訊いた。

「じゃあ、何があったの？　雨が降る中、森に行くようにおじいさんに命じられたのは何だったの？　ぼくが見たのは全部悪夢だったの？」

おじいさんは、平静を装って、タバコの煙をゆっくりと吐きながら、ぼくに言った。

「わしはお前を起こしには行っておらんし、お前がやったことも夢なんかじゃない。お前に起きたことは全部現実じゃ。話してみろ。他に何を見た？　どこまで歩いて行った？　それを知らにゃならん」

ぼくは戸惑いながらも答えた。

「農園を出ると、大きな道を歩いたんだ。辺り全体が水浸しになるんじゃないかと思えるくらいの大雨の中を歩いたんだ。ぼくは歩いてるうちに、寒くなった。雨が上がると、空にはお星様が出てきた。おじいさんはぼくの後ろにいたと思う。ぼくたちの横には翼の生えた蛇がいて、枝から枝に飛び移ってた。それが段々と大きくなっていくんだ。Y字型の三叉路に出たところで、その蛇はぼくの頭の上を飛んで太陽が沈む方向に向かった。家を出る前に、おじいさんは鳥のさえずりを探しに行くってぼくに言った。でも、あの翼の生えた蛇みたいなあの動物は何の音も出してなかった」

ぼくの話を聞いていたおじいさんは、緑色のタバコの箱からもう一本タバコを取り出してから言った。

「世界の創造主の名前は二十羽の鳥に守られておること、また十三の色を持つその羽に書いてあることはお前に話したとおりじゃ。ある日の明け方にお前は五羽の鳥を見たと言っとったが、その鳥が何か言葉を発したのを聞いたはずじゃ。そして、お前が今言うておる夜にお前は二羽の鳥を見た。それは本当じゃ。だが、わしはその時は一緒におらなんだ」

ぼくは、怒鳴りたくなるのを我慢して、おじいさんに言った。

「確かに、ぼくは二羽の鳥を見た。だけど、声を聞いたのは一羽だけだよ。翼の生えた蛇みたいなもう一羽は何の音も出さなかった。それはもう言ったんだけど」

おじいさんはなだめるような口調で答えた。

「いいか、説明しよう。ミミズク、この辺りじゃショチという名で呼ばれておる鳥じゃが、それは人の死を告げる鳥じゃ。だが、心配はいらん。お前が間もなく死ぬと告げておるわけではない。お前もそんなことは考えておらんじゃろ。いいか、よく聞け」

ぼくはおじいさんの説明に耳を傾けた。

「治る見込みのない病人が家におるとき、その鳥は死を知らせに来るんじゃ。死がいつ訪れてもいいように家族に心の準備をさせるために鳥は知らせに来るんじゃ。その鳥が日にちを間違えることは滅多にない」

おじいさんがズボンのポケットから何かを取り出そうとしたので――結局、それはおじいさんが鼻を拭くための赤いハンカチだったが――、ぼくは頭にかぶった椰子の葉の帽子をかぶり直した。

「お前が見たというもう一羽の鳥じゃが、わしも是非見てみたいものじゃ。そんな鳥を見ることができるのは特別な力を持っておる証じゃ。そんなものの存在を知っておる者は他にはおらん。イツァと呼ばれる水の呪術師たちが、昔聖なる都市の石にその姿を刻んだくらいじゃ。その鳥は春分の日と秋分の日に地上に降臨するものなんじゃが、お前の場合は違っておった。何かをお前に伝えたいのか、あるいは何かを渡そうとしておるのかもしれん。これから見る夢の中に出てくるいいことや悪いことには注意しておいた方がいいぞ。心配はいらん。何を意味するかわしがちゃんと考えてやる」

ぼくはおじいさんの話にすごく驚いた。おじいさんはさらに話を続けた。

「その鳥を見れたのはお前がついておる証拠じゃ。これでお前は、満月の夜にセノーテでやらねばならん魂追い《シート・パチ・ピシャン》の儀式を済ましてしまったことになる。その儀式をやると、翼の生えた蛇が姿を現すんじゃ。怖がる必要はないぞ。その蛇は声に出さずに話すんじゃ。わしが話しておることはお前にはどれも信じられんかもしれんがな」

おじいさんは頭を掻いた。そしてさらに言った。

「黙ってしゃべるというのは心の中で話す方法じゃ。それは自然界の言葉の中でも最も知恵に満ちた言葉であり、魂だけが知っておる。それに、沈黙の言葉を使えば、お前の心の声を聞くことができるのはお前しかおらんことになる」

さらに付け加えた。

「普通の人間は沈黙を恐れる。なぜなら、黙ってしまうと、自分と向き合うことになるからじゃ。自分の中の沈黙の言葉を聞きたがらぬ者は、いとも簡単に他人の餌食となり、奴隷にされてしまう」

そして、おじいさんは念を押すかのように言った。

「沈黙はお前の心の奥底の言葉じゃ。お前はかつて鳥じゃったことがあるから、夢はお前の魂の翼になるんじゃ。かつて誰かに捕えられたことがあったからこそ、お前の心は自由を叫ぶんじゃよ」

ぼくはおじいさんの考えの深さに圧倒されて、ただ黙って聞いていた。

「光り輝く、この世のものとは思えない翼を持つ蛇はお前の心の扉を叩いておる。なぜならお前は父さん母さんから生まれたとはいえ、本当は自由を欲しがっておる鳥だからじゃ。わしの考えが間違っておらねば、翼の生えた蛇を見た以上、お前はこれから誰にも従う必要はない。お前は自由の力を手に入れたのじゃ。お前がもっと大きくなった時、わしの言っておることが正しいかどうか分かるじゃろう。だが覚えておけ。その力は何か特別なものを与えてくれるが、同時に危険な力でもある。

わしがお前に言ったことなんかどうでもいいと言うやつも多い。お前と違う生き方をすることもできる。お前は抵抗すること、誰にも縛られないことを選択したんじゃ。もちろん、人に縛られないでいることにはそれなりの代償はつきものじゃ」

おじいさんはおじさんたちの子供を例に出した。

「お前のいとこたちには別の任務がある」

だが、以前ぼくとおじいさんが交わした約束を思い出したのか、こう言い直した。

「魂の遺産として、お前に教えてきた儀礼やお話を覚えることはお前の役目じゃ。お前のいとこたちもいずれそれを知らねばならん。だが、それを教えてやるのはお前じゃ」

おじいさんは知っていることを全部ぼくに教えるべく、さらに話し続けた。

「自由な人間には値段がない。自由は金を出して買うことができるような商品じゃないからじゃ。自由という心の宝石は人間が自ら勝ち取るべき特権じゃ。無知や恐れからそれを手に入れようとせぬ者がいたら、それをどうやって手に入れられるかを教えてやるのがお前の仕事じゃ」

おじいさんは自由の力を使う上での注意事項についても触れた。

「手に入れる自由の大きさによっては人間が値踏みさ

れることもあるじゃろう。だからこそ、心の奥底の沈黙の言葉に耳を傾けることが大切なんじゃ」

少し間をおいてから、おじいさんはぼくに訊いた。

「学校の先生たちは人間の自由についてなんて言っておった？」

ぼくはこう答えた。

「自由を勝ち取るために人間は闘うんだって。自由を奪われ、誰かに従属している人間は自由が何かさえ知らないで死んでしまうんだって」

おじいさんはぼくの説明に反論した。

「自由は知識の問題じゃない。お前は自由を知ることができる。だがそれは闘って手に入れるものじゃない。自由は力の一つの形じゃ。その力にお前は驚くかもしれんし、なかには怖がる人もいるかもしれん。自由は人間一人ひとりが持つ様々な力の中でも一番大きな力じゃ。人間は自由を手に入れたとき、それを感じ、持ち続けたいと思い、心が揺さぶられるんじゃ。そうやって、人間は自由の力に背中を押してもらって、自分自身であることの恐怖を取り除くんじゃよ」

おじいさんは唇にくっついていたタバコのかすを吹き飛ばしてから、さらに言った。

「自由は、手に入れたいという強い思いがあれば、誰でも手にすることができる。誰よりも先に手に入れれば、その力で他人を圧倒することができよう。よく考えれば分かるはずじゃが、自由の持つ力というのは他人を支配する力ともなる。だが、それは自分のきょうだいを自分に従わせたり、支配するためのものではない」

農園の隅々にまで夜のとばりが下りると、満月が銀色のマントで果樹園の木々を覆った。ぼくたちのいる場所から遠くないところでは打ち上げ花火や爆竹の鳴る音が響いていた。それは町の方で慈悲深き聖キリスト像に対するノベナリオ〔九夜連続のミサ〕が始まることを告げる音だ。その夜は仕掛け花火も行われる。同時に教会の鐘が打ち鳴らされ始めた。これはグレミオ〔カトリックの信徒集団〕のプロセッションが三色の旗とエスタンダルテ〔グレミオの旗〕を掲げて、今まさに教会の門をくぐろうとしていることを知らせる音だ。こうした音でぼくの意識は不意におじいさんとのやり取りから祭りのシーンへと飛んでしまった。

ぼくは教会の中庭にいた。打ち鳴らされる太鼓の音が響く中、ぼくは様々な大きさの旗やエスタンダルテを眺めていた。

ぼくは子供や大人に交じってグレミオのプロセッションに加わっていた。ぼくは口が不自由なバルトロ・カステジャーノスの身振りや手振りを見るのが好きだった。彼は何かに取りつかれているかのような我が物顔で、目に見えないタクトを振って楽隊の演奏を指揮していた。その楽隊が奏でるリズムに合わせて信者たちは教会の中へと入っていく。

教区司祭のゴンサロ・バルメス神父がしゃがれた野太い声で、村の守護聖人に対する祈りを捧げようとやって来た信者たちを教会の奥へと導いていく。十月の祭りでは司祭はどういうわけか、信者を教会内に迎え入れるときには、赤いスータンと白い上着を着たマヌエル・マスとマヌエル・カウィッチ、ルフィノ・カヌルを侍者として従えている。

村祭りで何と言ってもぼくが一番好きなのは、子供と女の人たちが一緒になって歌うコーラスを聞くことと、古い修道院の地味な色の壁の前にぶら下げられたアーモンドの枝から漂ってくる香の煙に包まれ、その匂いを嗅ぐことだ。コーラスは空高く打ち上げられ破裂する打ち上げ花火やけたたましい音を出す爆竹の俗なる音と入り混じり、祭りの聖なる雰囲気を作り出している。

　村役場の建物と中央広場の脇にある空き地に目をやると、そこではメリーゴーラウンドや空中ブランコ、観覧車が休む間もなく、すでにお金を払って並んで待っている子供や若者たちを次から次へと乗せて回っている。

　ポップコーンやチューロ、パヌーチョ、オレンジを売ったり、ビンゴや福引などに客を呼ぶ屋台の声が村祭りに彩りを添えている。

　一方、古い修道院の鐘楼のそばではムリシュ・エスコバルやカリシュという名で呼ばれていたカルロス・カスティジャたちがいろんな色のバルーンを上げている。辺りが様々な光でいっぱいになる夕暮れ時、彼らは打ち上げ花火よりも高くにバルーンを上げようと必死になっている。セロハン紙でできたバルーンは、いたずらっ子たちの投げた石が当たって穴が開き、下に落ちて燃えてしまうこともあるため、下で見ている人たちは気が気ではない。

一方、教会の中の慈悲深きキリスト像の前では、願掛けにやって来た村人の祈り声と歌声が響いている。

万歳、わがキリスト
万歳、わが王
どこにありとて、

その法をもって勝利せよ
万歳、キリスト王
万歳、キリスト王

祭りの光景が突然、ぼくの視界から消えた。ぼくはおじいさんの農園に戻っており、おじいさんがぼくを呼んでいるのに気が付いた。おじいさんはさっきまでの話の続きを話し始めた。

「お前が見た翼の生えた蛇は黙っていて、何も歌わなかったと言ったが、七羽の鳥の歌を持っておるはずじゃ。翼の生えた蛇は七羽の鳥を飲み込んでおる。だから、お前の耳にはその歌声が聞こえんのじゃ。何も聞こえなくても、捕まってしもうた鳥は歌い続けておる。死んでも自由のために闘っておるのじゃ」
ぼくにはそれ以上、おじいさんの声は聞こえなかった。ぼくの耳には教会の入り口で歌う人たちのコーラスと鳴り響く鐘の音、太鼓の音、打ち上げ花火と爆竹の破裂する音だけが鳴り響いていた。

タン、タン、タン、タン、タン、タン……
シーッ・シー……、プン、プン、シーッ・シー……、
プン、プン、シーッ・シー……、プン

万歳、わがキリスト

万歳、わが王
どこにありとて、
その法をもって勝利せよ
万歳、キリスト王
万歳、キリスト王

タン、タン、タン、タン、タン、タン……
シーッ・シー……、プン、プン
シーッ……、プン
シーッ・シー・シーッ、プン

ぼくの村祭りの思い出ではいつも、打ち上げ花火が煙の尾を引いて空の高い所まで上がって行き、光を出して破裂する。

シーーーー、シーーーーーッ

プンーーーーー

村を飲み込む音の渦は列車が到着した時の喧騒と同じだ。

シッ、シッ、シッ、シッ、シッ。ウーーーーー、ウーーーーー、ウーーーーーー。

VII

風の秘密

マヤブ〔メキシコ南東部のユカタン半島を指す名称〕の大地の四月は森の伐採と火入れの月だ。だけど、白や赤のヒナゲシが咲き誇る月でもある。まっすぐに伸びた茎の上に乗った大きな花に飛んで来て、それに口づけをしているハチドリは、まるで青い無限の空をバックに風に揺られながら踊っているバレリーナのようだ。

マヤの人々が暮らす大地では、四月は供え物をする供犠の月だ。森や原生林、たくさんの木々、夢を見ている緑色の木々、これらがみな自らの命を捧げる。力を失った太陽が力を取り戻そうと、力を振り絞って、自分の丸い顔を金色と茜色に染める。太陽は自らの力を使ってこの世に生まれる一番最初の命だ。

四月になると、森の木がマチェテで切り倒され、残酷にも灼熱の大地に横たわる。切り開かれ、自らの命に別れを告げた森は、ぼくたちのために切り倒された木の幹に柔らかな匂いを残していく。そして、しばらくしたら、祈禱に合わせて燃え上がる。マヤ人の口から出る呪文、魔法の言葉、懇願の言葉、祈願の言葉、それらはみな地獄のような暑さを和らげてもらおうとする口上だ。

四月になると、石に刻まれた知識の絵を通じて、ミルパを開き、大地の表面に筋を入れるようにと石碑が命じる。石碑は時を刻み、風を引き寄せる磁石だ。その風が水をたっぷりと積んだ雲を運んで来る。

四月になると、荷車が通るたびに、蒸し暑い風に吹かれて大地から土埃が舞い上がる。痩せこけた馬に引かれた荷車にはトウモロコシの夢を見る人間の荷物が積まれている。

「聖なるトウモロコシが人間になった。そして私たちと一緒に棲むようになった」トウモロコシの穂の服を身にまとったカワラバトのさえずりはそう告げている。

四月の大地は、自らを切り開かせ、種をまかせる代わりに何を求めるのだろう。

そんなことをぼーっと考えながら歩いていたとき、ぼくの犬のボクボクが突然、これまで聞いたこともないような長くてしゃがれた声で遠吠えをした。驚いたぼくは立ち止まり、犬の不思議な遠吠えをもう一度聞こうと思って、風に耳を澄ました。

ぼくは道の真ん中にたった一人で立っていた。遠吠えが聞こえてくるのを待っているうちに不安になった。さらに緊張と恐怖も生まれた。予期せぬことが起こるのではないかという恐怖心から、ぼくは汗をいっぱいかいていた。

突然、森がざわざわと揺れた。逆三角錐の形をしたつむじ風が起きて木の枝をみしみしと揺らした。ぼくは土埃と枯れ葉を大量に巻き上げた風の中心部へと引きずり込まれた。異常な力で摑まれ、持ち上げられたぼくの体は、草や蔓、灌木がいっぱい詰まった棘の塊の中に突き刺さった。腕や顔、首は傷だらけになり、意識を失いかけた瞬間、下を向いた状態で、石がごろごろした地面に向けて落ちた。しかし、気が付くと、ぼくはピラミッドの頂上にいた。そこはほとんど人の来ない、石柱の欠片だけが残る場所だ。ぼくの犬は遠くの方でまだ吠え続けていた。相変わらず吹き続ける強い風は、蔦や葛を引きちぎりながら、ぼくを引きずり回した。

ぼくはめまいと吐き気に襲われた。体は痛み、今にも泣き出したかった。耳元では何かうなる音がした。ぼくの視界を遮ろうとする黒いマントが覆いかぶさってきたが、ぼくはそれを必死に払いのけようとしていた。

ぼくは目を凝らして周りを見ようとしたが、目は曇っていた。どうしてなのかよく分からないが、ぼくの周りにある石が大小様々の頭蓋骨に変わっていった。ぼくはパニック状態で、全く動けなかった。

骸骨が消えてなくなったかと思うと、突然、ぼくの犬が近づいてきた。犬は段々と大きくなっていった。目は大きくなるとくっついて一つになった。その目から一つの光が差してきたかと思うと、それは目も眩むような大きな光の塊となった。目を開けていても閉じていても同じだった。その強烈な光は少しずつ、ゆっくりと、半分人間、半分犬の姿をした体になっていった。だが、その犬はぼくのボクボクではなかった。犬の形をした部分は黒く、人間の形をしたもう一方は光り輝いていた。その人間は白く長い髪と、胸まで垂れた髭を持った老人だった。ぼくは起き上がって逃げようとしたが、できなかった。木が蛇のようになってぼくの足を縛り、体全体に巻きついていたので、ぼくは動けなかったのだ。

ぼくがもがいていると、犬の方の体半分が消えてなくなり、犬人間は完全な人間になり、ぼくにこう言った。
「動くな。頭を下げたまま、聞け。わしはわしだ。わしは魂だ。半分はお前、半分はわしだ。わしはお前だ。だから、お前はわしだ。わしはいつもと同じだ。わしは命の魂だ。わしはあらゆるものの名前だ。わしはお前の名前であり、お前はわしの名前だ。わしが自分に名前を付けるとき、それがお前の名前となり、わしが自分の名前を言うとき、お前も自分の名前を言っている。他人を愛することは、わしがお前を愛しているように、お前が自分を愛するということだ。恐れるでない。

わしは魂だ。わしは南から吹く風の守護者だ。わしは暖かい風だ。東から吹いて来る風と出逢えば、合体して一つとなる。暖かい風と冷たい風が一つとなることで、この地に暮らす人間どもの喉の渇きを癒やす雨となるのだ。

この啓示でわしのことを知ったお前は自分の犬を再び目にすることはないだろう。お前の犬はわしの体の一部となるのだ」

するとぼくは目が覚めた。葉が生い茂ったハビン〔家具や食器棚の材料としても用いられる〕の木の上で悲しげに鳴く一羽の鳥の鳴き声が耳に入った。

変な夢を見てから間もなくして、ぼくの名を呼ぶ声が聞こえた。おじさんやいとこたちがぼくを探していたのだ。ぼくを見つけると、みんなほっとした様子でぼくを抱きしめてくれた。ぼくは何もしゃべりたくなかった。と言うより、何も言葉にならなかった。おじいさんの農園に行く途中にある牧場の門まで戻って来たとき、ぼくはまだ恐怖で震えていた。しかも、熱があった。おじいさんはぼくの様子を見るとすぐに、ナランホ・アグリオの葉っぱを浸した水でぼくの体を洗ってくれた。そして、サンタ・マリア〔薬湯に用いる草の名前。マヤ語ではシュ・チャル・チェ x-chaal che'〕の葉っぱを噛むように、とぼくの口の中に入れてくれた。

それから三日後の晩にはぼくは元気を取り戻した。すると、ある儀式をするために、おじいさんはぼくを森へ連れて行った。

ぼくはすでに風と夢の修行を受けていたが、その時と同じように、おじいさんとぼくは先祖が棲むというあの聖なる場所へ向かった。その晩、おじいさんが選んだのは魔法のかかったノーカンカブの森だった。そこには蛍の小さな光がいっぱい飛び交っていた。

今でもよく覚えているけど、その日の夜は何千何万というコオロギが単調なメロディーを奏でる、ひんやりとした夜だった。おじいさんとぼくはノーカンカブのミルパのど真ん中にある椰子の葉で葺いた小屋の脇で星空を眺めた。おじいさんにとって聖なるその場所はぼくにとっても聖なる場所になり始めていた。ぼくたちはそこで、風を呼び寄せるのにふさわしい時間を決めるために、夜の秘密の言葉に耳を傾けた。

ぼくたちは空を隅々までくまなく観察した。ぼくは星や星座の名前を教わった。星には地上やそこに暮らす人間の運命とのつながりがあることを知った。耳を澄まし、注意深く星を観察しているうちに、星や流れ星の輝きはコオロギの言葉と連動していることにぼくは気が付いた。星はその輝き具合でコオロギたちが奏でる夜の演奏の指揮を取っていた。

思うに、コオロギが奏でる音楽は夜に唱えられる祈りだ。沈黙が夜の闇に閉じ込められたすべてのものを支配している。コオロギの祈りはその沈黙のベールを引き裂くんだ。まるで、ぼくたちが風を呼ぶ準備をしてくれているみたいだった。

真夜中近くになって、おじいさんはシプチェ〔伝統的な儀礼で葉っぱがよく使われる木〕という名前のついた灌木がたくさん生えている場所に、ぼくをそっと連れて行った。ぼくたちはそこで深呼吸をした。コパルの荘厳な匂いが肺の奥まで届いた。するとおじいさんが口笛を吹き始めた。

「フーーーーーーーーーー、フーーーーーーーーーーーー、フーーーーーーーーーーーーーーーーー」

それからおじいさんは立ち上がると、東の方角を向いて両手を広げてから、一緒に繰り返すよう、ぼくに言った。

「美しき父なる神よ、美しき子なる神よ、美しき聖霊なる神よ。黄色いサソリの風は今どこに？　赤いサソリの風は今どこに？　黒いサソリの風は今どこに？　白いサソリの風は今どこに？

シプチェ、風の草よ、風の子よ、風たちを呼べ。

風よ、風よ、風よ、来給え、来給え、来給え。

フーーーーーーーーーーー、フーーーーーーーーーーー、フーーーーーーーーーー」

何も聞こえない静けさの中、おじいさんは立ち上がると、大空を見やりながら、先祖伝来の言葉でもう一度唱えた。

「父なる神、子なる神、聖霊なる神の名において。我が願いをお聞きくださる黄色いサソリの風は今どこに？　我が呼びかけに応じ、願いをお聞きくださる赤いサソリの風は今どこに？　願いをお聞きくださる黒いサソリの風は今どこに？　何が罪なのか真実をお教えくださる白いサソリの風は今どこに？

フーーーーーーーーーーーーー、フーーーーーーーーーーーーーーーーーーーーーー、フーーーーーーーーーーーーーーー。

シプチェ、風の子よ、風を纏いし者よ、風を呼べ。

風よ、風よ、風よ、来給え、来給え、来給え。

フーーーーーーーーーーーー、フーーーーーーーーーーーーーーーーーーーーーーー、フーーーーーーーーーーーーーーー」

すると、草むらの向こうからごーっという物凄い大きな音が聞こえてきた。木の下や枝にとまって眠っていた鳥や様々な動物たちが驚いて、あちこちを走り回った。

あまりに慌てているので、中にはお互いにぶつかったりして、辺りはてんやわんやの大騒ぎで、それまでの静けさが嘘のようだった。

突然の轟音に驚いたぼくも、大声を上げて走って逃げ出したかったが、動くこともできずに、地面に体を伏せて、ただ辺りを見ているだけだった。ぼくたちの周りには吹き飛ばされそうなくらい激しく恐ろしい風が舞っていた。これまで感じたこともないような恐ろしい力でぼくの体は持ち上げられ、少し浮いていた。嵐のような、何もかも飲み込んでしまう大きなつむじ風が木々を揺さぶり、ぼくたちの周りを回っていた。驚き、叫び声を上げ、ものとぶつかりながら、今やぼくの周りを走り続ける動物たちをぼくは目で追った。動物たちが一周するたびに、混迷の度合いは増した。

動物たちが九度回ったところで、風が止み、すべてがいつも通りの静けさに戻った。

ぼくの体は汗びっしょりで、心臓がまだ激しく鼓動し、体全体も震えていた。すぐに涼しい風が吹いてきた。その風はそれまで必死にこらえていた逃げ出したいというぼくの気持ちを吹き飛ばしてくれた。ぼくは自分が一人でいるわけではないことを思い出した。おじいさんが近くにいてくれたのだ。おじいさんは立ったまま、平然とした様子で、事の次第を静かに見守っていた。

何もかもが元に戻ると、湿ったひんやりとした風が吹いて来た。東の空に散らばっていた光が集まって一つの強烈な黄色い輝きに変わっていった。間もなくすると、ぼんやりとした赤い光によって木々や丘の頂《いただき》の影が幽霊のように浮かび上がった。頭上には黒で縁取られた青色の空が広がった。辺りが明るくなってくると、空には金色やピンク色をした鱗雲が現れ、その隙間から大きな光が斜めに差した。

夜明けの光に向かって挨拶のさえずりをするよう、ノム鳥が他の鳥たちに単調な鳴き声で合図を送った。

ぼくは目を閉じた。だが、もう一度目を開けると、そこは真っ暗だった。少しめまいがした。ぼくはあちこちおじいさんの姿を探した。だけど、無駄だった。おじいさんは消えていた。

たった一人になったぼくは、立ったまま、夜が完全に明けるまでその場所でじっとしていた。

しばらくして、突然おじいさんに声をかけられた。東の空を見ていたぼくは西の方角からおじいさんがやって来るのに気が付かなかったのだ。おじいさんは、ミルパの真ん中にもう何年も前に作った椰子葺きの小屋に行って休もうと言った。小屋に着くと、ぼくは、めまいがする上に、お腹も痛み出し、吐き気を覚えた。するとおじいさんは、これを飲めば楽になると言って、ぼくに水と蜂蜜を飲ませてくれた。それから床に横になるようにと言った。それでも、ぼくが痛みで身悶えしていたので、今度はシプチェとカカルトゥンの入ったまずい飲み物を飲まされた。その煎じ薬を飲むと、少しは楽になった気がした。飲み薬のおかげでぼくはだんだんと元気を取り戻した。

ぼくは気分が悪いのが治ると、そばで農具の手入れをしているおじいさんに、風を呼び寄せてからぼくに一体何が起きたのか訊いてみた。何度訊いてもおじいさんは答えようとしなかった。きっとぼくが完全に元気になるのを待っていたのだろう。聞こえないふりをしていたのは、ぼくが完全に回復するまでは何も説明したくなかったからだろう。ぼくは顔を下にしたまま、寝てしまった。

目を覚ますと、おじいさんはもうもうと煙が立ち込める中、しゃがんで、うずらを焼いていた。それからおじいさんとぼくは黙ってうずらを食べた。

お昼が過ぎてから、ぼくはおじいさんに誘われて、ミルパの近くの森へ一緒に薪を採りに出かけた。

その帰り道、休憩のため腰を降ろすと、おじいさんが言った。

「東の風は高貴で、知恵のある、若い男の風だ。ちゃんとした大人の風でもある。吐く息には性的な力が宿っており、それで草木や動物、さらには人間をも助けてくれる。この秘密を知るにあたって忘れてならんこともある。東の風は要求こそしないものの、嫉妬深い風じゃ。この風はわしら人間のことをよう知っておる。わしらが知ろうとせん限り、わしらは永遠にその力に気づくことはない」

ぼくが真剣な表情で聞いているのを確認したおじいさんは話を続けた。

「北の風、南の風、それに西の風は油断ができない。北の風は冷たく、南の風は熱い。どっちも女の風じゃ。西の風は無節操で気まぐれだから、とんでもないことをする。それに威張り散らす。ただ、あいつらの振る舞い方が分かってさえおれば、その力を利用することができる」

そう言ったところでおじいさんは不意に立ち上がると、マチェテを手に取って、小屋の真ん中の柱の方へそっと歩いて行った。そこにはガラガラヘビがぼくたちの方を向いて鎌首をもたげていた。おじいさんはその蛇の頭をマチェテの一振りで切り落とした。そしてすぐに、薪の先端で、死んだ蛇を拾い上げると、その皮を剝きながら、平然とさっきの続きを話し始めた。

「夕べお前が見たのは東の風が持っている力の一部じゃ。お前が驚いておるのが分かったから、手加減をして、持っている力の一部しか出さなかった。だから、お前はあの朝焼けを見られたというわけじゃ。お前は目が眩んで、圧倒されておったようじゃがな。

お前が見た夜明けの光景は風が作り出す世界の一つの姿に過ぎん。お前が風を呼べば、風はお前をきょうだいとみなすじゃろう。そしたら、お前は暁光の狩人になれる」

おじいさんが話をしている間に辺りは暗くなろうとしていた。

「風は言葉だけで呼ぶものじゃない。気持ちを込めて心で呼ばねばならん。自分のところに呼び寄せたいときは、お前の心の力で呼べ。お前の魂の力を使ってな。時には乱暴な現れ方をするかもしれんが、お前の味方となって、お前が願ったり、命じたりすることをやってくれるはずじゃ。だが、怖がったり、逃げ出したりするんなら、呼ばんことじゃ。怖がっておることが分かれば、殺されてしまうかもしれん。それを避けるためには力のある草、シプチェのような草で自分を守らねばならん。あれは風の子じゃ。風でできておるから、風を呼ぶ力もある」

蛇の皮をきれいに剝ぎ終えると、おじいさんはランプに火を点けた。するとぼくらの姿が暗闇に浮かび上がった。おじいさんは、さらに話を続けた。

「風を呼ぶためにはシプチェとカカルトゥンの草も必要じゃ。シプチェは男の草。カカルトゥンは女の草じゃ。シプチェは東と西の風を呼ぶのに使う。カカルトゥンは南と北の風を呼ぶのを助けてくれる。一緒に合わせて、正しい方角に向けて置いてやれば、風や人間が原因となって起こる病気も治してくれる」

おじいさんの声が段々と小さくなっていった。そして、最後には聞こえなくなった。代わりに洞穴の奥の方から、ぼくを呼ぶ別の声が聞こえてきた。その声の後ろから、ぼくがいる方に向かって影が伸びてきた。松明《たいまつ》を持った人の列だった。よく見ると、それは裸の男女だった。何かを、おそらく人を探しているようだった。彼らはぼくがいる狭い穴の近くで、ある場所を取り囲んで輪になり、その中心で火を起こした。真ん中には腰の辺りまで髪を垂らした華奢な体つきの若い女がいた。そこは平らで開けた場所だった。

間もなくして、空洞の木の幹を叩く音に合わせて、男たちが歌い、叫び声を上げながら、踊り始めた。男たちはかっこよく優雅に体を動かし、声を張り上げた。

「こっちだ《ヘエレアク》、こっちだ《ヘエレアク》、こっちだ《ヘエレアク》」
「処女《ウ・スーフイ》だ、処女《ウ・スーフイ》だ、娘は処女だ《ウ・スーフイ・イシュ・チュパール》」
「娘《イシュ・チューパル》だ、娘《イシュ・チューパル》だ、娘《イシュ・チューパル》だ」

男たちは走り回り、体を前後にくねらせた。

その踊りの左側ではニクテ〔ホウオウボク〕の花で二つの首飾りが作られていた。出来上がると、赤い色の首飾りが女の首にぶら下げられ、白い首飾りが腰に巻かれた。

踊っている男たちの一人が不意に女に抱きつこうとした。だが、女は身をかわしてよけた。輪になって踊っていた男たちは踊りを止《や》め、殴り合いを始めた。無秩序な殴り合いの中で一人また一人と男が抜けていった。あちらこちらで弱い者は倒れ込み、強い者が闘いを続けた。

男たちは殴り合いをしている間、誰一人として悲鳴もうめき声も上げなかった。他人の味方をする者はいなかった。ただ、男たちは興奮し、目の前の相手を殴り倒そうとしていた。

男たちの殴り合いの原因となった女は、闘いが終わるのを待つ間、他の女に囲まれて不安そうな表情でその様子を見守っていた。背が低めの男が最後まで残った。体は殴られたり引っかかれたりしたせいで傷だらけだった。女の前にやって来たその男は口から垂れている血を拭きながら、雄叫びを上げ、女が自分のものになったことを宣言した。

そこにいた人たちの中で一番の年配者、たぶん長老なのだろう、その男性が、持っていた杖を女に渡した。勝ち名乗りを上げた男が、女からその棒を受け取ると、女を抱きしめた。その瞬間、ぼくは見つかってしまった。ぼくの顔を覆っていたシーツをおじいさんが剝がして、ぼくを見つけたんだ。

ぼくは目が覚めた。

Ⅷ

言葉の守り人

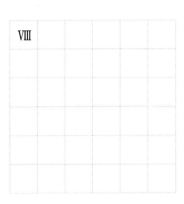

おじいさんたちがぼくたちに話してくれたことはみんな本当だった。

「お前の心は言葉の守り人であって、言葉をしまっておく洞穴じゃない。言葉がそこにずっと隠れていることなんかないんだ」

春が来たら、言葉を風に乗せてあちこちに運んでもらえ。言葉に赤や白、黄色、青といった花の服を着せてやれ。花は木々や草、蔦たちが上げる喜びの声だ。

夏が来たら、言葉を蝶に乗せて飛ばせてやれ。雨の娘である蝶は道を彩る飛び交う花だ。雨の時季が来たら、収穫への感謝の印としてコパルの香と祈りを捧げ、トウモロコシに実を付けさせろ。

秋が来て、木々が風に揺られて葉っぱを落とし始めたら、言葉が地面の肌に優しく口づけをするだろう。言葉が地面に落ちるのは決して人を葬るためなどではない。

冬が来て、冷たい風が顔に当たるようになったら、燃え盛る薪にしゃべらせろ。そのぬくもりはお前の体を覆う毛布となるだろう。だが、お前の中で言葉が騒ぎ、暴れ、叫び、唸り、歌い出したら、それを黙らせようとするな。それは白い鳩サクパカルのさえずりのようなものだ。怖がるな。それはお前の心の言葉だ。それはお前の魂の言葉なのだ。

お前の言葉の自由をどこかに仕舞ったり、あるいは隠したり、邪魔をしたりしてはいけない。お前は自分の言葉で自分の歳とすべての時間を書き留めるのだ。時間はお前がこの世に生きている限り、たった一回しかないものであり、また永遠でもあるのだ。

カー・シーヒル・ターンとは「言葉が蘇る」「声が生き返る」ことを意味するマヤ語だ。それは過去が現在と再会することだ。この戻って来るという概念はぼくたちマヤ人にとってはかつても今も神聖な時間の観念だ。それはぼくたちが言葉として語り続けることによって現実であり続ける。だから、ぼくたちには、言い伝えの中に息づいているものを文章に書き起こし、証拠として残していく義務があるんだ。だって、言葉が人間を葬り去ったことなんて一度もないだろ。

カンペチェ州カルキニ、一九九七年

訳者あとがき

吉田栄人

本書は二〇一二年にメキシコ文化省の下部機関であるCONACULTAから児童図書として出版されたホルヘ・ミゲル・ココム・ペッチの『マヤの賢人グレゴリオおじいさん』(*J-nool Gregorioe', juntúul miats'il maya / El abuelo Gregorio, un sabio maya*)の全訳である。ほぼ同じ内容のものが二〇〇一年にもメキシコ国立自治大学(UNAM)から『おじいさんの秘密』(*Muk'ult'an in Nool / Secretos del Abuelo*)という題名で出版されている。同書は研究者による解説が加えられた学術的なものであったため、『マヤの賢人グレゴリオおじいさん』は児童向け図書として出版するにあたり、挿絵が加えられ、多少書き換えられている。第四章の「秘密の名前」と第八章の「言葉の守り人」は新たに書き加えられたものだ。

作者のホルヘ・ミゲル・ココム・ペッチはメキシコ合衆国カンペチェ州のカルキニという町出身（一九五二年生まれ）のマヤ語とスペイン語のバイリンガル話者だ。小学校の教師を数年勤めた後、大学で教育者向けコミュニケーションや農学を学び直している。一九七〇年代、まだ小学校の教師だった頃、彼は仲間の教師たちとともにヘナリ Genali という文学サークルを結成し、文学活動を始める。この文学サークルはユカタン半島のマヤ語話者たちによる文学活動の中でも一番初めに結成されたものでありながら、普遍的な文学を志向する先進的な試みを行った先住民作家たちのグループだった。ちなみに、ユカタン・マヤ語話者詩人の中で現在最も有名な女性詩人ブリセイダ・クエバス・コブ（Briceida Cuevas Cob, 一九六九年生まれ）はこの文学サークルで詩作を学んだ一人である。

一九九〇年代に入って作家として頭角を現し出したホルヘ・ミゲル・ココム・ペッチは、メキシコ国内だけでなく、ラテンアメリカ各国やアメリカ合衆国などで開かれる様々な文学イベントに招待されるようになる。マヤ先住民の文化的伝統をベースとする彼の詩作やリリカルな語りは先住民文学の最も理想的な形として世界的な賞賛を浴びていく。彼はメキシコ国内においていくつもの賞を受賞しているが、二〇一六年にはニューヨークのセルバンテス協会が主催する南北アメリカ大陸詩フェスティバル（The Americas Poetry Festival of New York）において「二〇一六年の詩人」に選出される。また同年、メキシコのグアダラハラ市で開催される南米最大のブックフェアでは、それまでのマヤ語とマヤ文化の継承への貢献が評価され、南北アメリカ先住民文学賞（Premio Literaturas Indígenas de Américas）が授与される。二〇一六年に受けたこの二つの文学賞は彼の文学の完成度と彼の作品に対する世界的な評価の高さを表すものだと言えるだろう。それだけでなく、二〇〇二年から二〇〇五年には、メキシコ先住民作家協会（一九九三年十二月設立）の会長も務めるなど、メキシコ先住民文学のリーダー的な役割も果たしている。

彼はしばしば詩人として様々な文化的なイベントに招待され、そこで自分の詩を披露する。まずマヤ語で詩をリリカルに歌い上げ、その後でスペイン語に訳した詩をもう一度読み上げる。マヤ語が理解できない聴衆は、彼が発するマヤ語に音楽的神秘性を見出そうと耳を傾け、その後に聞くスペイン語訳の中に哲学的な意味を見出そうとする。そうすることで彼の詩の中の先住民性が演出される。彼が読み上げる詩の多くは詩集として出版されたものではなく、グレゴリオおじいさんの教えとして語られる「秘密」のエッセンスもしくは言葉そのものだ。その意味では、『マヤの賢人グレゴリオおじいさん』／『おじいさんの秘密』は彼の詩があちこちに埋め込まれたひとつの詩集であると言えるのかもしれない。

ホルヘ・ミゲル・ココム・ペッチの主要な作品は、彼の祖父から受け継いだ世界観や人生哲学とも言えるマヤ文化の教えと、それを聞かされた子供時代の思い出から構成されている。『マヤの賢人グレゴリオおじいさん』は前者に比重が置かれているが、その続編と呼んでもいい、二〇一三年にトリージャス社から出版された『金の涙――ここではマヤ語を使うな！』（*Lágrimas de oro : Aquí, no hables maya!*）は、彼が子供だった頃のマヤの子供たちの生活が中心に語られている。

『マヤの賢人グレゴリオおじいさん』／『おじいさんの秘密』はマヤの世界観やマヤ人の人生哲学を学ぶ「ぼく」の語り部としての認識論的な成長を描いたものである。にもかかわらず、ホルヘ・ミゲル・ココム・ペッチは、そうした「ぼく」の成長物語にとっての主体が「おじいさん」であるかのような印象を与えるタイトルを付けている。日本語版では本書が語り部としての「ぼく」の成長物語であることが直截的に分かるように『言葉の守り人』というタイトルを付けた。ではなぜ、ホルヘ・ミゲル・ココム・ペッチは「おじいさん」にこだわるのだろうか。少なくとも、二つの理由が考えられる。一つには、この作品が元々ひとつの物語として一気に書き上げられたものではないこと、すなわち「おじいさん」から聞いた話として別々に書かれたものが後から一つにまとめ上げられたという事情が働いているのかもしれない。ホルヘ・ミゲル・ココム・ペッチにとって、全てはおじいさんから聞いた秘密の話なのだ。だがもう一つ、先住民文学というジャンルにおいて「おじいさん」の持つ役割を無視することはできない。

現代の先住民文学は先住民文化の復権運動・先住民言語の復興運動の一環として、一九八〇年代に説話などの口頭伝承の掘り起こしからスタートした。聞き取りの対象は先住民文化についてより古い情報、すなわちよりオリジナルに近く、より真正な形を知っている老人たちであった。インフォーマント（情報提供者）が老人であるだけで、語られた内容は先住民文化についての語りとしてオーソライズされる。ホルヘ・ミゲル・ココム・ペッチらが立ち上げた文学サークルにおいてさえ、マヤ文化を語るコンテクストにおいては老人たちの語りは絶対的参照点であった。先住民作家たちは自分たちの民族文化に関する語りの正当性を示すために、民族文化の起源を遡らねばならない。老人たちはその起源のことを知っている情報提供者とみなされる。先住民作家たちは歴史的な過去に自分たちの失われしユートピアを設定し、その過去を取り戻そうとする。老人たちはその輝かしい過去を受け継いできた人たちなのだ。ホルヘ・ミゲル・ココム・ペッチが「おじいさん」にこだわる理由もそこにある。彼にいろいろと話をしてくれる、マヤの文化に関する秘密をたくさん知っている知恵者の「おじいさん」は、彼の語りがマヤ文化に関する真正な語りであることを担保する存在なのだ。しかもいずれは、おじいさんから聞いたのと同じ内容を、自分の孫に話して聞かせるおじいさんに自分がなるのだから、やはりこの物語は「おじいさん」の物語、もっと厳密に言えば、マヤの語り部が継承されていく文化装置の中での新たな「おじいさん」誕生の物語でもある。

仮にホルヘ・ミゲル・ココム・ペッチがこうしたマヤの語り部の伝統を継承しているにしても、彼の語る世界観や人生哲学がマヤ古来のものであるとは限らない。実際、グレゴリオおじいさんは夢の修行の中で「ぼく」に向かってこう言う。「自分の夢を追い求める戦士になれ。自分の中に克服すべき目的を見つけるのだ」つまり、マヤの知恵を授かる新たな語り部は自分の夢を探さねばならない。それは決して古来の物の考え方をそのまま反復することではない。むしろ、その夢は自分が暮らす条件に対応したものでなければならない。「おじいさん」が語る秘密とは実はそれぞれの時代の「おじいさん」が自分の時代に合ったふさわしい夢を探せというメッセージなのだ。その意味では、ホルヘ・ミゲル・ココム・ペッチが語るグレゴリオおじいさんの言葉は決して実際に語られた言葉そのままではないだろう。子供時代の記憶を頼りに手繰り寄せたおじいさんの言葉には、すでに成人したホルヘ・ミゲル・ココム・ペッチの経験に基づいた解釈が入っていてもおかしくない。彼が語るマヤの秘密は現代を生きるホルヘ・ミゲル・ココム・ペッチという一人のマヤ人の思想なのである。これはホルヘ・ミゲル・ココム・ペッチだけに限ったことではない。おそらく全ての先住民作家に共通して言えることだ。

私たち「西洋」の読者は先住民が語る物語のエキゾチックで魔術的な世界に魅惑されがちだ。エキゾチックで魔術的であるだけで、それは先住民古来の正真正銘の伝統なのだと勝手に思ってしまう。だが、それは「西洋」の欲望が生み出す文学的幻想だ。先住民作家自身もすでに「西洋」の一部であるがために、自分が見ている夢が実は「西洋」の幻想をなぞったものであることに気が付かない。私は決して、先住民作家の描く先住民文化が偽物だと言っているのでははない。先住民文化は「西洋」という鏡に写った像としてしか描けないということだ。少なくとも、「西洋」の読者は先住民文化を「西洋」の認識枠組みを通してしか理解できないし、グローバル化した現代社会に生きる先住民とて「西洋」の、すなわちグローバルな認識枠組みで「語ら」ねばならないということだ。先住民文学を民俗芸能に置き換えて考えてみればよく分かるだろう。先住民たちは様々なイベントで先住民の民俗芸能を披露する。だが、それは彼らの文化的なコンテクストを剝ぎ取られた単なるシミュラークルだ。つまり、「西洋」が規定する（欲する）何らかの枠組みに供することを目的に行われる演技に過ぎない。それは先住民共同体の中にあっても実は同じだ。「西洋」が規定する「先住民」性を、先住民自らが民俗芸能を通じて再確認するのである。かつてブラジルに渡った日本の移民が、ブラジルで日本人と呼ばれて初めて、日本人というアイデンティティを持ったのと同じことだ。ブラジル人に同化したくないとき、その子孫は自分が「日本人」であることを証明する文化を希求する。先住民作家も同様だ。先住民文化であるとすでに言われているもの、あるいは「西洋」

的でないものを描くことで、自らの先住民性を主張するのである。

文学に描かれる先住民が「西洋」の幻想ではあっても、ホルヘ・ミゲル・ココム・ペッチの語りは、私たち「西洋」の読者に様々なメッセージを投げかける。マヤ語で語られてはいても、それはマヤ先住民だけに送られる秘密のメッセージではない。むしろ現代世界を生きる全世界の人々に向けられた言葉だ。そのメッセージを受け取るとき、私たちはマヤとの民族的違いを意識する必要もない。そのメッセージに何か学ぶものがあるとすれば、マヤの賢人からの贈り物として素直に受け取り、感謝すればいい。その教えを理解し、さらにそれを別の誰か、願わくば次の世代に伝えることができれば、あなた自身がマヤの「おじいさん」となるのだ。

その教えとは何か。一言で言えば、世界を相対化する視点を持つことの大切さだ。おじいさんが何かの教えを伝授してくれるときの様子を「ぼく」は次のように回顧している。

おじいさんは突然何かを見つけて言うんだ。木から延びる影を見たり、昼だろうと夜だろうと、聞こえて来る鳥の鳴き声に耳を澄ましたり、蟻の行列が向かう方向やクモの巣の広がり具合をじっと見つめたり、満月の夜の月の光り具合を確かめたり、その他いろんな自然現象を眺めては、そこから何かの知恵を取り出す。おじいさんにとって、どれもこれもこの世界に関する知恵が詰まった容れ物なんだ。

物事の本質を知ることは、物事を自分の生きる世界に位置付ける作業である。それは既成の概念から自らを解放することであり、詩的で哲学的な思考をすることだ。言い換えるなら、物事の本質を知りたければ、詩人にならねばならない。「ぼく」はおじいさんのものの見方からそのことを学んだのだ。

今般「新しいマヤの文学」というシリーズ名で出版されることとなった四作品（都合で三冊になったが）の中での位置付けを言えば、本作は口頭伝承の掘り起こしからスタートした現代マヤ文学の本流である。口承による文化的伝統の再生産を主題化したメタ文学ではあるが、マヤの文化を規範的に描いている点においてやはりその評価は揺るがないだろう。シリーズ「新しいマヤの文学」の他の作品は、本書が持つこのマヤ文化に関する規範的な語りがどのように変化するかという観点から読むと面白いはずである。ホルヘ・ミゲル・ココム・ペッチが現代マヤ文学の第一世代だとすれば、残りの三人は第二世代だ。『女であるだけで』の作者ソル・ケー・モオに至っては、伝統的なマヤについて語ることは自分の役目ではないと宣言する。そんなマヤ人作家がどのようなマヤ文学を展開することになるのか興味が湧くところであるが、実は本書『言葉の守り人』にも彼女の考えに通じるものがあることを理解しておくべきだろう。

本書の出版はメキシコ政府の翻訳出版助成プログラムPROTRADより資金的支援を受けることで可能になった。また、本書の出版を快く引き受けてくださった国書刊行会、とりわけ助成金の申請では親身にお手伝いいただき、また文章の推敲で懇切丁寧にアドバイスをしてくださった編集部の伊藤昴大さんには心からお礼を申し上げたい。

ホルヘ・ミゲル・ココム・ペッチ　Jorge Miguel Cocom Pech
小説家、詩人、教師。1952年、メキシコ合衆国カンペチェ州カルキニ市に生まれる。カルキニの文学サークル「ヘナリ」創設者の一人。2002年から2005年にはメキシコ先住民作家協会の会長を務める。詩の朗読によって米国ニューヨーク（2016年）などの文学フェスティバルで詩人賞を受賞。2016年には南北アメリカ先住民文学賞を受賞。主な著作には『おじいさんの秘密』（2001年）、『言葉の守り人』（2013年）、『金の涙――ここではマヤ語を使うな！』（2013年）などがある。

エンリケ・トラルバ　Enrique Torralba
イラストレーター、デザイナー。1969年、メキシコ合衆国ゲレロ州チラパ市に生まれる。メトロポリタン自治大学卒業。ハイパーリアリズムを特徴とする。雑誌や書籍の挿絵以外にも、ポスターやアニメーションなども手掛ける。2000年から子供向け図書の挿絵を中心に描く。パリやケベックなど外国で開かれたブックサロンでメキシコを代表するイラストレーターとして参加。メキシコ・イラストレーター協会（Asociación Mexicana de Ilustradores）創設者の一人。

吉田栄人　ヨシダ シゲト
東北大学大学院国際文化研究科准教授。1960年、熊本県天草に生まれる。専攻はラテンアメリカ民族学、とりわけユカタン・マヤ社会の祭礼や儀礼、伝統医療、言語、文学などに関する研究。主な著書に『メキシコを知るための60章』（明石書店、2005年）、訳書にソル・ケー・モオ『穢れなき太陽』（水声社、2018年。2019年度日本翻訳家協会翻訳特別賞）。

CULTURA
SECRETARÍA DE CULTURA
FONCA

Esta publicación se realizó con el apoyo de la Secretaría de Cultura del Gobierno Mexicano a través del Fondo Nacional para la Cultura y las Artes con el estímulo del Programa de Apoyo a la Traducción（PROTRAD）2018.
本書はメキシコ政府文化省による 2018 年度 CONACULTA 翻訳助成プログラム（PROTRAD）の助成を受けたものである。

言葉《ことば》の守《も》り人《びと》

ホルヘ・ミゲル・ココム・ペッチ　著
吉田栄人　訳

2020 年 6 月 20 日　初版第 1 刷　発行
ISBN　978-4-336-06566-7

発行者　佐藤今朝夫
発行所　株式会社国書刊行会
〒 174-0056　東京都板橋区志村 1-13-15
TEL　03-5970-7421
FAX　03-5970-7427
HP　https://www.kokusho.co.jp
Mail　info@kokusho.co.jp

印刷　三報社印刷株式会社
製本　株式会社ブックアート
装幀　クラフト・エヴィング商會（吉田浩美・吉田篤弘）

乱丁・落丁本はお取り替えいたします。

21世紀の新しいラテンアメリカ文学シリーズ

新しいマヤの文学

全3冊

吉田栄人＝編訳

メキシコのユカタン・マヤの地で生まれた、マヤ語で書かれた現代文学。これまでほとんど紹介のなかった、代表的なマヤ文学の書き手たちによる作品を厳選し、《世界文学》志向の現代小説、マヤの呪術的世界観を反映したファンタジー、マジックリアリズム的な味わいの幻想小説集を、日本の読者に向けて初めて紹介する新しいラテンアメリカ文学シリーズが、ついに刊行開始！

女であるだけで

ソル・ケー・モオ

メキシコのある静かな村で起きた衝撃的な夫殺し事件。その背後に浮かび上がってきたのは、おそろしく理不尽で困難な事実の数々だった……先住民女性の夫殺しと恩赦を法廷劇的に描いた、《世界文学》志向の新しい現代ラテンアメリカ文学×フェミニズム小説。 ISBN：978-4-336-06565-0

言葉の守り人

ホルヘ・ミゲル・ココム・ペッチ／装画：エンリケ・トラルバ

「ぼく」は《言葉の守り人》になるために、おじいさんとともに夜の森の奥へ修行に出かける。不思議な鳥たちとの邂逅、風の精霊の召喚儀式、蛇神の夢と幻影の試練……呪術的世界で少年が受ける通過儀礼と成長を描く、珠玉のラテンアメリカ・ファンタジー。 ISBN：978-4-336-06566-7

夜の舞・解毒草

イサアク・エサウ・カリージョ・カン／アナ・パトリシア・マルティネス・フチン

薄幸な少女フロールが、不思議な女《小夜》とともに父探しの旅に出る夢幻的作品「夜の舞」と、死んだ女たちの霊魂が語る苦難に満ちた宿命と生活をペーソスとともに寓意的に描く「解毒草」の中編2作品を収録した、マジックリアリズム的マヤ幻想小説集。 ISBN：978-4-336-06567-4

各巻定価：2400円＋税

四六変型判（178 mm×128 mm）・上製

装幀＝クラフト・エヴィング商會（吉田浩美・吉田篤弘）